民国首版文学经典

鲁迅杰作选

鲁 迅 著

上海科学技术文献出版社
Shanghai Scientific and Technological Literature Press

图书在版编目（CIP）数据

鲁迅杰作选 / 鲁迅著. —上海：上海科学技术文献出版社，2014.5
（民国首版文学经典丛书）
ISBN 978-7-5439-6192-0

Ⅰ. ① 鲁… Ⅱ. ①鲁… Ⅲ. ①鲁迅著作—选集 Ⅳ. ① I210.2

中国版本图书馆 CIP 数据核字（2014）第 030317 号

责任编辑：张 树 李 莺
封面设计：周 婧

鲁迅杰作选
鲁 迅 著
出版发行：上海科学技术文献出版社
地 址：上海市长乐路 746 号
邮政编码：200040
经 销：全国新华书店
印 刷：上海中华商务联合印刷有限公司
开 本：850×1168 1/32
印 张：4.375
版 次：2014 年 5 月第 1 版 2014 年 11 月第 2 次印刷
书 号：ISBN 978-7-5439-6192-0
定 价：28.00 元
http://www.sstlp.com

出版説明

民國時期雖只有短短三十幾年，却在中國歷史上擁有極重要的地位。隨着地理封閉格局的打破，社會制度的轉型，思想束縛的解放，社會的文化和學術也開始了古今中西新舊融合創新的歷史過程，迎來一個百家争勝、异彩紛呈的局面，直接表現便是名家輩出、佳作迭現，且其視野之開闊、學識之淵博、影響之深遠，爲前代所不及，亦爲後人所難達。

有鑒于此，我們從民國時期的經典著作中精選一批，以“民國首版經典叢書”之名將其影印出版。第一輯共收羅了三十四種著作，合三十册，分爲“學術”和“文學”兩部分。其中，“民國首版學術經典”包括梁啓超《清代學術概論》、舒新城編《近代中國留學史》、王孝通《中國商業史》、胡樸安《中國文字學史》、李長傅《中國殖民史》、姚名達《中國目録學史》、吕思勉《歷史研究法》與《中國文字變遷考》（合一册）、胡適《五十年來中國之文學》與劉師培《論文雜記》（合一册）、吕思勉《理學綱要》、吕思勉《白話本國史》、柳亞子等編《蘇曼殊年譜及其他》、顧頡剛編著《妙峰山》等。

這些出自名家之手的著作，或爲開一代風氣的創新之作，如舒新城的《近代中國留學史》，是近代第一部研究留學問題的專著，奠定了留學史研究的根基，也是研究有關中國留學歷史的必讀書目之一；如吕思勉的《白話本國史》，既是他的成名作，也是中國歷史上第一部用白話文寫成的中國通史；或爲總結先賢、啓發後來的集大成之作，如梁啓超的《清代學術概論》，這是一部闡述清代學術思潮源頭及其流變的經典著作，也是梁啓超的代表性作品之一，將清代學術從時代思潮的角度劃分爲四個時期，并對每個時期作了簡要而中肯的評介，精辟分析了各個時期及其代表人物的成就與不足，一經問世即受到讀者歡迎，并成爲一代又一代青年學子的入門必讀書；再如胡適的《五十年來中國之文學》，從古文的末路、古文學的新變、白話小説的發達及缺點、文學革命這幾個方面再現這五十年的文學，在傳承舊學的同時更開新路，爲文學變革鋪墊、利導。

“民國首版文學經典”則包括黎錦暉編《留歐外史（第一集上編）》、朱湘《石門集》、邱東平《火灾》、王實味《休息》與歐陽山等《給予者》（合一册）、徐志摩《徐志摩選集》、邱東平《第七連》、蕭紅《生死場》、張資平《紅霧》、張資平《飛絮》、陳夢家編《新月詩選》、徐志摩《雲游》與《志摩的詩》（合一册）、弘一大師紀念會編《弘一大師永懷録》、葉靈鳳《紅的天使》、朱自清等《我們的六月》、《魯迅傑作選》、郁達夫《迷羊》、胡適《胡適留學日記》、葉靈鳳《未完的懺悔録》等。

文學爲人民群衆喜聞樂見之事，其影響既遠且廣。叢書中所收，不乏當時的“暢銷書”，如蕭紅的《生死場》，甫一出版便轟動當時文壇；如張資平創作的言情小説《紅霧》、《飛絮》等，一版再版，暢銷多年；同時還有不少品種是現今流傳較少，甚至是建國後第一次影印出版的，如弘一大師紀念會所編《弘一大師永懷録》，該書于大師圓寂一周年時出版，當時僅印發一千册；如黎錦暉編《留歐外史（第一輯上編）》，一九二八年首版發行，建國後一直没有再版，已很難找到。

綜上，“民國首版經典叢書”内容包羅萬象，涵蓋詩歌、小説、散文、紀實文學、史學研究、理學、文學研究等方方面面，所選皆出自名家、大家之手，或爲各學科奠基之作，或爲集大成之經典，或爲震動當時、影響深遠的傳誦之作，其中不乏流傳很少、極難覓尋的孤本，我們苦心孤詣，找尋到這些經典著作的初版本，原版影印，精裝制作，以饗讀者。

編　者

二零一四年二月

現代文藝選輯

魯迅傑作選

中學生之課外優秀讀物

大公書局刊行

優秀文藝

魯迅傑作選目次

第一篇　散文

第二篇　小說

踢

兩月以前，曾經說過「推，」這回却又來了「踢。」

本月九日『申報』載六日晚間，有漆匠劉明山，楊阿坤，顧洪生三人在法租界黃浦灘太古碼頭納涼，適另有數人在左近聚賭，由巡邏警察上前驅逐，而劉顧兩人，竟被俄捕弄到水裏去，劉明山竟淹死了。由俄捕說，自然是『自行失足落水』的。但據顧洪生供，却道：『我與楊劉三人，同至太古碼頭乘涼，劉坐鐵凳下地板上，……我立在旁邊……俄捕來先踢劉一脚，劉已立起要避開，又被踢一脚，以致跌入浦中，我要拉救已經不及，乃轉身拉住俄捕，亦被用手一推，我亦跌下浦中，經人救起的。』推事問：「為什麼要踢他？」答曰：「不知。」

「推」還要抬一抬手，對付下等人是犯不着如此費事的，於是乎有「踢。」而上海也真有「踢」的專家，有印度巡捕，有安南巡捕，現在還添了白俄巡捕，他們將沙皇時代對猶太人的手段，到我們這里來施展了。我們也真是善於「忍辱負重」的人民！只要不「落浦，」就大抵用一句滑稽化的話道：「喫了一隻外國火腿，」一笑了之。

苗民大敗之後，都往山裏跑，這是我們的先帝軒轅氏趕他的。南宋敗殘之餘，就往海邊跑，這據說也是我們的先帝成吉思汗趕他的。趕到臨了，就是陸秀夫背着小皇帝，跳進海裏去。我們中國人原是古來就要「自行失足落水」的。

有些慷慨家說，世界上只有水和空氣給與窮人。此說其實是不確的，窮人在實際上，那里能夠得到和大家一樣的水和空氣。即使在碼頭上乘乘涼，也會無端被「踢」，送掉性命的：落浦。要救朋友，或拉住凶手罷，「也被用手一推」，也落浦。如果大家來相幫，那就有「反帝」的嫌疑了，「反帝」原未爲中國所禁止的，然而要預防「反動分子乘機搗亂」，所以結果還是免不了「踢」和「推」，也就是終于是落浦。

時代在進步，輪船飛機，隨處皆是，假使南宋末代皇帝而生在今日，是決不至於落海的了，他可以跑到外國去，而小百姓以「落浦」代之。

這理由雖然簡單，却也複雜，故漆匠顧洪生曰：「不知。」

八月十三日。

「連環圖畫」辯護

我自己曾經有過這樣一個小小的經驗。有一天，在一處筵席上，我隨便的說，用活動電影來教學生，一定比教員的講義好，將來恐怕要變成這樣的。話還沒有說完，就埋葬在一陣哄笑裏了。

自然，這話裏是埋伏着許多問題的，例如，首先第一，是用的是怎樣的電影，倘用美國式的發財結婚故事的影片，那當然不行。但在我自己，却的確另外聽過採用影片的細菌學講義，見過全部照相，只有幾句說明的植物學書。所以我深信不但生物學，就是歷史地理，也可以這樣辦。

然而許多人的隨便的哄笑，是一枝白粉筆，他能夠將粉塗在對手的鼻子上，使他的話好像小丑的打諢。

前幾天，我在「現代」上看見蘇汶先生的文章，他以中立的文藝論者的立場，將「連環圖畫」一筆抹殺了。自然，那不過是隨便提起的，並非討論繪畫的專門文字，然而在青年藝術學徒的心中，也許是一個重要的問題，所以我再來說幾句。

我們看慣了繪畫史的插圖上沒有「連環圖畫」，名人的作品的展覽會上不是「羅馬夕照」，就是「西湖晚涼」，便以爲那是一種下等物事，不足以登「大雅之堂」的。但若走進意大利的教皇宮」——我沒有遊歷意大利的幸福，所走進的自然只是紙上的教皇宮——，去，就能看見凡有偉大的壁畫，幾乎都是『舊約』，『耶穌傳』，『聖者傳』的連環圖畫，藝術史家截取其中的一段，印在書上，題之曰『亞當的創造』，『最後之晚餐』，讀者就不覺得這是下等，這在宣傳了，然而那原畫卻明明是宣傳的連環圖畫。

在東方也一樣。印度的阿強陀石窟，經英國人摹印了壁畫以後，在藝術史上發光了；中國的『孔子聖蹟圖』，只要是明版的，也早為收藏家所寶重。這兩樣，一是佛陀的本生，一是孔子的事迹，明明是連環圖畫，而且是宣傳。

書籍的插畫，原意是在裝飾書籍，增加讀者的興趣的，但那力量，能補助文字之所不及，所以也是一種宣傳畫。這種畫的幅數極多的時候，即能只靠圖像悟到文字的內容，和文字一分開，也就成了獨立的連環圖畫。最顯著的例子是法國的陀萊（Gustave Dore），他是插圖版畫的名家，最有名的是『神曲』，『失樂園』，『吉訶德先生』，還有『十字軍記』的插畫，德國都有單印本（前二種在日本也有印本），只靠略解，即可以知道本書的梗概。然而有誰說陀萊不是藝術家呢？

宋人的『唐風圖』和『耕織圖』，現在還可找到印本和石刻；至於仇英的『飛燕外傳圖』和『會真記圖』，則翻印本就在文明書局發賣的了，這些也都是當時和現在的藝術品。

自十九世紀後半以來，版畫復興了，許多作家，往往喜歡刻印一些以幾幅畫彙成一帖的『連作』（Blattfolge）。這些連作也有並非一個事件的現在爲青年的藝術學徒計，我想爲出幾個版畫史上已經有了地位的作家和有連續事實的作品在下面。

首先應該舉出來的是德國的珂勒惠支（Kathe Kollowitz）夫人。她除了爲霍普德曼的『織匠』（Die Weber）而刻的六幅版畫外，還有三種有題目無說明——

一，『農民鬥爭』（Bauernkrieg）金屬版七幅；

二，『戰爭』（Der Krieg）木刻七幅，

三，『無產者』（Proletariat）木刻三幅。

以『士敏土』的版畫爲中國所知道的梅斐爾德（Carl Meffert）是一個新進的青年作家，他曾爲德譯本斐格納爾的『獵俄皇記』（Die Jagd nach Zaren von Wera Figner）刻過五副木版圖，又有兩種連作——

一，『你的姊妹』（Deine Schwester）木刻七幅，題詩一幅；

二，『養護的門徒』（原名未詳）木刻十三幅。

比國有一個麥綏萊勒（Frans Masereel），是歐洲大戰時候像羅曼羅蘭一樣，因爲非戰而逃

出過外國的他的作品最多，都是一本書，只有書名，連小題目也沒有。現在德國印出了普及版（Bei Kurt Wolff, Munchen）每本三馬克半，容易到手了。我所見過的是這幾種——

一，『理想』（Die Idee）木刻八十三幅；

二，『我的禱告』(Mein Stundenbuch)木刻一百六十五幅；

三，『沒字的故事』(Geschichte one Worte)木刻六十幅；

四，『太陽』(Die Sonne)木刻六十三幅；

五，『工作』(Das Work)木刻，幅數失記；

六，『一個人的受難』（Die Passion eines Menschen）木刻二十五幅。

美國作家的作品我曾見過希該爾木刻的『巴黎公社』（The Paris Commune, A Story in Pictures by William Siegel）是紐約的『約翰李特社』（John Reed Club）出版的。還有一本石版的格羅沛爾（W. Gropper）所畫的書，據趙景深教授說，是『馬戲的故事』，另譯起來，恐怕要『信而不順』，只好將原名照抄在下面——

"Alay-Oop"（Life and Lvoe among the Acrobats.）

英國的作家我不大知道，因為那作品定價貴。但曾經有一本小書，只有十五幅木刻，不到二百字的說明作者是有名的吉賓斯（Robert Gibbings）限印五百部英國紳士是死也不肯重印的現在恐怕已將絕版，每本要數十元了罷那書是——

『第七人』（The 7th Man）。

以上，我的意思是總算舉出事實，證明了連環圖畫不但可以成為藝術，並且已經坐在『藝術之宮』的裏面了。至於這也和其他的文藝一樣，要有好的內容和技術，那是不消說得的。

我並不勸青年的藝術學徒蔑棄大幅的油畫或水彩畫；但是希望一樣看重並且努力於連環圖畫和書報的插圖；自然應該研究歐洲名家的作品，但也更注意於中國舊書上的繡像和畫本，以及新的單張的花紙。這些研究和由此而來的創作，自然沒有現在的所謂大作家的受著有些人們的照例的歎賞，然而我敢相信，對於這，大眾是要看的，大眾是感激的！

十月二十五日。

「喫白相飯」

要將上海的所謂「白相」改作普通話，只好是「玩耍」；至於「喫白相飯」，那恐怕還是用文言譯作「不務正業，游蕩爲生」，對於外鄉人可以比較的明白些。

游蕩可以爲生，是很奇怪的。然而在上海問一個男人，或向一個女人問她的丈夫的職業的時候，有時會遇到極直截的回答道：「喫白相飯的。」

聽的也並不覺得奇怪，如同聽到了說「教書」，「做工」一樣。倘說是「沒有什麼職業」，他倒會有些不放心了。

「喫白相飯」在上海是這麼一種光明正大的職業。

我們在上海的報章上所看見的，幾乎常是這些人物的功績；沒有他們，本埠新聞是決不會熱鬧的。但功績雖多，歸納起來也不過是三段，只因爲未必全用在一件事情上，所以看起來好像五花八門了。

第一段是欺騙。見貧人就用利誘，見孤憤的就裝同情，見倒霉的則裝慷慨，但是慷慨的卻又會裝悲苦，結果是席捲了對手的東西。

第二段『威壓』。如果欺騙無效，或者被人看穿了，就臉孔一翻，化為威嚇。或者說人無禮，或者誣人不端，或者賴人欠錢，或者並不說什麼緣故，而這也謂之『講道理』，結果還是席捲了對手的東西。

第三段是溜走。用了上面的一段或兼用了兩段而成功了，就一溜煙走掉，再也尋不出蹤跡來。失敗了，也是一溜煙走掉，再也尋不出蹤跡來。事情鬧得大一點，則離開本埠，避過了風頭再出現。

有這樣的職業，明明白白，然而人們是不以為奇的。

『白相』可以喫飯，勞動的自然就要餓肚，明明白白，然而人們也不以為奇，

但『喫白相飯』朋友倒自有其可敬的地方，因為他還直直落落的告訴人們說，『喫白相飯的！』

六月二十六日。

從幫忙到扯淡

「幫閑文學」曾經算是一個惡毒的貶辭，——但其實是誤解的。

「詩經」是後來的一部經，但春秋時代其中的有幾篇就用之于侑酒；屈原是「楚辭」的開山老祖，而他的「離騷」却只是不得幫忙的不平。到得宋玉，就現有的作品看起來，他已經毫無不平，是一位純粹的清客了。然而「詩經」是經，也是偉大的文學作品；屈原宋玉，在文學史上還是重要的作家。爲什麼呢？——就因爲他究竟有文采。

中國的開國的雄主，是把「幫忙」和「幫閑」分開來的，前者參與國家大事，作爲重臣，後者却不過叫他獻詩作賦，「俳優畜之」，只在弄臣之列。不滿于後者的待遇的是司馬相如，他常常稱病，不到武帝面前去獻殷勤，却暗暗的作了關于封禪的文章，藏在家裏，以見他也有計劃大典——幫忙的本領。可惜等到大家知道的時候，他已經「壽終正寢」了。然而雖然並未實際上參與封禪的大典，司馬相如在文學史上也還是很重要的作家。爲什麼呢？就因爲他究竟有文采。

但到文雅的庸主時，「幫忙」和「幫閑」的可就混起來了，所謂國家的柱石，也常是柔媚的詞臣，我們在南朝的幾個末代時，可以找出這實例。然而主雖然「昏」，却不「庸」，所以那些幫閑者，文采却究竟還有的，他們的作品，有些也至今不滅。

誰說『幫閑文學』是一個惡毒的貶辭呢？

就是權門的清客，他也得會下幾盤棋，寫一筆字，畫畫兒，識古董，懂得些猜拳行令，打趣插科，這纔能不失其爲清客。也就是說，清客，還要有清客的本領的，雖然是有骨氣者所不屑爲，却又非搭空架者所能企及。例如李漁的『一家言』，袁枚的『隨園詩話』，就不是每個幫閑都做得出來的。必須有幫閑之志，又有幫閑之才，這才是眞正的幫閑。如果有其志而無其才，亂點古書，重抄笑話，吹拍名士，拉扯趣聞，而居然不顧臉皮，大擺架子，反自以爲得意，——自然也還有人以爲有趣，——但按其實，却不過是『扯淡』而已。

幫閑的盛世是幫忙，到末代就只剩了這扯淡。

撲空

自從『自由談』上發表了我的『感舊』和施蟄存先生的『莊子與文選』以後，『大晚報』的『火炬』便在徵求展開的討論。首先徵到的是施先生的一封信，題目曰『推薦者的立場』，注云『莊子與文選的論爭。』

但施先生又並不願意『論爭』，他以爲兩個人作戰，正如弧光燈下的拳擊手，無非給看客好玩。這是很聰明的見解，我贊成這一肢一節，不過更聰明的是施先生其實並非真沒有動手，他在未說退場白之前，早已揮了幾拳了，揮了之後，飄然遠引，倒是最超脫的拳法。現在只剩下一個我了，却還得回一手，但對面沒人也不要緊，我算是在打『逍遙遊。』

施先生一開首就說我加以『訓誨』，而且派他爲『遺少的一肢一節。』上一句是誣賴的，我的文章中，並未對於他個人有所勸告。至於指爲『遺少一肢一節』，却誠然有這意思，不過我的意思，是以爲『遺少』也並非怎麼很壞的人物。新文學和舊文學中間難有截然的分界，施先生是承認的，辛亥革命去今不過二十二年，則民國人中帶些遺少氣，遺老氣，甚而至於封建氣，也還不算甚麼大怪事，更何況如施先生自己所說，『雖然不敢自認爲遺少，但的確已消失了少年的活力』的呢，過去的餘氣當然要有的。但是，只要自己知道，別人也知道，能少傳授一點，那就好了。

我早經聲明，先前的文字是並非專爲他個人而作的，而且自看了『莊子與文選』之後，則連這『一肢一節』也已經疏遠。爲什麼呢，因爲在推薦給青年的幾部書目上，還題出着別一個極有意味的問題：其中有一種是『顏氏家訓』。這『家訓』的作者，生當亂世，由齊入隋，一直是胡勢大張的時候，他在那書裏，也談古典，論文章，儒士似的，却又歸心於佛，而對於子弟，則願意他們學鮮卑語，彈琵琶，以服事貴人——胡人。這也是庚子義和團敗後的達官富翁巨商士人的思想，自己唸佛，子弟却學些『洋務』，使將來可以事人：便是現在，抱這樣思想的人恐怕還不少。而這顏氏的渡世法，竟打動了施先生的心了，還推薦於青年，算是『道德修養』。他又舉出自己在讀的書籍，是一部英文書和一部佛經，正爲『鮮卑語』和『歸心篇』寫照。只是現代變化急速，沒有前人的悠閒，新舊之爭，又正劇烈，一下子看不出什麼頭緒，他就也只好將先前兩代的『道德』，並萃於一身了。假使青年中年老年，有着這顏氏式道德者多，則在中國社會上，實是一個嚴重的問題，有蕩滌的必要。自然，這雖爲書目所引起，問題是不專在個人的，這是時代思潮的一部。但因爲連帶提出，表面上似有太關涉了某一個人之觀，我便不敢論及了，可以和他相關的只有『勸人看莊子文選了』八個字，對於個人，恐怕還不能算是不敬的。但待到看了『莊子與文選』，却實在生了一點不敬之心，因爲他辯駁的話比我所豫料的還空慮。但仍給以正經的答覆，那便是『感舊以後』上。

然而施先生的寫在看了『感舊以後』（上）之後的那封信却更加證明了他和我所謂『遺少』的疏遠。他雖然口說不來拳擊，那第一段却全是對我個人而發的現在介紹一點在這裏並且加以注解。

施先生說：『據我想起來，勸青年看新書自然比勸他們看舊書能夠多獲得一些羣衆』這是說，勸靑年看新書的，並非爲了青年，倒是爲自己要多獲些羣衆，

施先生說：『我想借貴報的一角篇幅，將：書目改一下：我想把「莊子與文選」改爲魯迅先生的「華蓋集正續編」及「僞自由書」。我想魯迅先生爲當代「文壇老將」，他的著作裏是有着很廣大的活字彙的，而且據豐之餘先生告訴我，魯迅先生文章裏的確也有一些從「莊子與文選」裏出來的字眼，譬如「之乎者也」之類。這樣，我想對於靑年人的效果也是一樣的。』這一大堆的話，是說，我之反對推薦『莊子與文選』，因爲恨他沒有推薦『華蓋集正續編』與『僞自由書』的緣故。

施先生說：『本來我還想推薦一二部豐之餘先生的著作，可惜坊間只有豐子愷先生的書，而沒有豐之餘先生的書，說不定他是像魯迅先生印珂羅板木刻圖一樣的是私人精印本，屬於罕見書之

列，我很慚愧我的孤陋寡聞，未能推薦矣。』這一段話，有些語無倫次了好像是說我之反對推薦『莊子與文選』是因為恨他沒有推薦我的書然而我又並無書，然而恨他不推薦，可笑之至矣。

這是『從國文教師轉到編雜誌』勸青年去看『莊子與文選』『論語』『孟子』『顏氏家訓』的施蟄存先生，看了我的『感舊以後上』一文後，『不想再寫什麼』而終於寫出來了的文章，辭退做『拳擊手』，而先行拳擊別人的拳法。但他竟毫不提主張看『莊子與文選』的較堅實的理由毫不指出我那『感舊』與『感舊以後上』兩篇中間的錯誤，他只有無端的誣賴，自己的猜測，撒嬌，裝傻。幾部古書的名目一撕下，『遺少』的肢節也就跟着渺渺茫茫，到底是現出本相明明白白的變了『洋場惡少』了。

十月二十日。

「題未定」草

現在還在流傳的古人文集，漢人的已經沒有略存原狀的了，魏的嵇康所存的集子裏還有別人的贈答和論難，晉的阮籍集裏也有伏羲的來信，大約都是很古的殘本，由後人重編的。謝宣城集一雖然只剩了前半部，但有他的同僚一同賦詠的詩。我以為這樣的集子最好，因為一面看作者的文章，一面又可以見他和別人的關係，他的作品，比之同詠者，高下如何，他為什麼要說那些話……現在採取這樣的編法的，據我所知道，則「獨秀文存」也附有和所存的「文」相關的別人的文字。

那些了不得的作家，謹嚴入骨，惜墨如金，要把一生的作品，只刪存一個或者三四個字，刻之泰山頂上，「傳之其人」，那當然聽他自己的便，還有鬼鬼祟祟的「作家」，明明有天兵天將保佑，姓名大可公開，他卻偏要躲躲閃閃，生怕他的「作品」和自己的原形發生關係，隨作隨刪，刪到只剩一張白紙，到底什麼也沒有，那當然也聽他自己的便。如果多少和社會有些關係的文字，我以為是都應該集印的，其中當然夾雜着許多廢料，所謂「榛楛弗剪」，然而這才是深山大澤。現在已經不像古代，要手抄，或木刻，只要用鉛字一排就夠。雖說排印，糟蹋紙墨自然也還是糟蹋紙墨的，不過只要一想楊邨人之流的東西也還在排印，那就無論什麼都可以閉着眼睛發出去了。中國人常說「有一利必有一弊」，」也就是「有一弊必有一利」：揭起小無恥之旗，固然要引出無恥群，但使謙讓者潑剌起來，卻是一利。

收回了謙讓的人，在實際上也並不少，但又是所謂「愛惜自己」的居多，「愛惜自己」當然並不是壞事情，至少，他不至於無恥，然而有些人往往誤認「裝點」和「遮掩」為「愛惜」。集子裏面，有兼收「少作」的，然而偏去修改一下，在孩子的臉上，種上一撮白鬍鬚；也有兼收別人之作的，然而又大加揀選，決不取謾罵誣衊的文章，以為無價值。其實是這些東西，一樣的和本文都有價值的，即使那力量還不夠引出無恥群，但倘和有價值的本文有關，這就是他在當時的價值，中國的史家是早已明白了這一點的，所以歷史裏大抵有循吏傳，隱逸傳，卻也有酷吏傳和佞倖傳，有忠臣傳，也有奸臣傳。因為不如此，便無從知道全般。

而且一任鬼蜮的技倆隨時消滅，也不能洞曉反鬼蜮者的人和文章。山林隱逸之作不必論，倘使遺作者是身在人間，帶些戰鬥性的，那麼，他在社會上一定有敵對，只是這些敵對決不肯自承，時時撒嬌道「冤乎枉哉，這是他把我當作假想敵了呀！」可是留心一看，他的確在放暗箭，一經指出，這才改為明槍，但又說這是因為被誣為「假想敵」的報復。所用的技倆，也是決不肯任其流傳的，不但事後要他消滅，就是臨時也在躲閃；而編集子的人又不屑收錄，於是到得後來，就只剩了一面的文章了，無可對比，當時的抗戰之作，就都好像『無的放矢，』獨個人在向着空中發瘋。我嘗見人評古人的文章，說誰是『鋒稜太露』，誰又是『劍拔弩張』，就因爲對面的文章完全消滅了的緣故，倘在，是也許可以減去評論家幾分懵懂的。所以我以爲此後該有博採種種所謂無價值的別人的文章，作爲附錄的集子。以前雖無成例，却是留給後來的寶貝，其功用與鑄了魑魅罔兩的形狀的禹鼎相同。

就是近來的有些期刊，那無聊，無恥與下流，也是世界上不可多得的物事，然而這又確是現代中國的或一幕人的『文學，』在現在可以知今，到將來可以知古，較大的圖書館，都必須保存的，但記得C君曾經告訴我，不但這些，連認眞切實的期刊，也保存的很少，大抵只在把外國的雜誌，一大本一大本的裝起來：還是生着『貴古而賤今，忽近而圖遠』的老毛病。

仍是上文說過的所謂『珍本叢書』之一的張岱『瑯嬛文集，』那卷三的書牘類裏，有『又與毅儒八弟』的信，開首說：

『前見吾弟選「明詩存，」有一字不似鍾譚者，必棄置不取；今幾社諸君子盛稱王李，痛罵鍾譚，而吾弟選法又與前一變：有一字似鍾譚者，必棄置不取。鍾譚之詩集，仍此詩集，吾弟手眼，仍此手眼，而乃轉若飛篷，捷如影響，何胸無定識，目無定見，口無定評，乃至斯極耶，蓋吾弟喜鍾譚時，有鍾譚之好處，儘有鍾譚之不好處，彼蓋玉常帶璞，原不該盡視爲連城；吾弟恨鍾譚時，有鍾譚之不好處，仍有鍾譚之好處，彼蓋瑕不掩瑜，更不可盡棄爲瓦礫。吾弟勿以幾社君子之言，橫據胸中，虛心平氣，細細論之，則其姸醜自見，奈何以他人好尙爲好尙哉，……』

這是分明的費出隨風轉舵的選家的面目，也指證了選本的難以憑信的。張岱自己，則以爲選文造史，須無自己的意見，他在『與李硯翁』的信裏說：『弟「石匱」一書，泚筆四十餘載，心如止水秦鏡，並不自立意見，故下筆描繪，姸媸自見，敢言刻劃，亦就物肖形而已……』然而心究非鏡，也不能虛，所以立『虛心平氣』爲選詩的極境，『並不自立意見』爲作史的極境者，也像立『靜穆』爲詩的極境一樣，在事實上不可得。數年前的文壇上所謂『第三種人』杜衡輩標榜超然，實爲羣醜，不久卽本相畢露，知恥者皆羞稱之。無待這里多說了；就令自覺不懷他意，屹然中立如張岱者，其實也還是偏倚的，他在同一信中，論東林云：

『……夫東林自顧涇陽講學以來，以此名目，禍我國家者八九十年，以其黨升沈用占世數興敗，其黨盛則爲終南之捷徑，其黨敗則爲元祐之黨碑。……蓋東林首事者實多君子，竄入者不無小人；擁戴者皆爲小人，招徠者亦有君子，此其間線索甚清，門戶甚迥；……東林之中，其庸庸碌碌者不必置論，如貪婪強橫之王圖，奸險兇暴之李三才，闖賊首輔之項煜，上箋勸進之周鍾，以致竄入東林乃欲俱奉之以君子，則吾臂可斷，决不敢徇情也，東林之尤可醜者，時敏之降闖賊曰，「吾東林時敏也」，以冀大用。魯王監國，蕞爾小朝廷，科道任孔當輩猶曰，「非東林不可進用。」則是東林二字，直與蕞爾殘國及汝偕亡者。手刃此輩，置之湯鑊，出薪不可不猛也。……」

這眞可謂『詞嚴義正』，所舉的羣小，也都確實的，尤其是時候雖在三百年後，也何嘗無此等人，眞令人驚心動魄。然而他的嚴責東林是因爲東林黨中也有小人，古今來無純一不雜的君子黨，於是凡有黨社，必爲自謂中立者所不滿，就大體而言，是好人多還是壞人多，他就置之不論了。或者還更加一轉云：東林雖多君子，然亦有小人，反東林者雖多小人，然亦有正士，於是好像兩面都有好有壞，並無不同，但因東林世稱君子，故有小人即可醜，反東林者本爲小人，故有正士則可嘉，苛求君子，寬縱小人，自以爲明察秋毫，而實則反助小人張目。倘說：東林中雖亦有小人，然多數爲君子，反東林者雖亦有正士，而大抵是小人。那麼，斤量就大不相同了。

謝國楨先生作『明清之際黨社運動考』，鉤索文籍，用力甚勤，敘魏忠賢兩次虐殺東林黨人時，說道：『那時候，親戚朋友，全遠遠的躲避，無恥的士大夫，早投降到魏黨的旗幟底下了。說一兩句公道話，想替諸君子幫忙的，只有幾個書獃子，還有幾個老百姓。』

這說的是魏忠賢使緹騎捕周順昌，被蘇州人民擊散的事。誠然，老百姓雖然不讀詩書，不明史法，不解在瑜中求瑕，屎裏覓道，但能從大概上看，明黑白，辨是非，往往有決非清高通達的士大夫所可企及之處的。剛剛接到本日的『大美晚報』有『北平特約通訊』記學生游行，被警察水龍噴射，繼以刀砍，一部分則被閉於城外，使受凍餒，『此時燕冀中學師大附中及附近居民紛紛組織慰勞隊，送來燒餅饅頭等食物，學生略解飢腸……』誰說中國的老百姓是庸愚的呢，被愚弄驅遣迫到現在，還明白如此。張岱又說：『忠臣義士多見於國破家亡之際，如敲石出火，一閃即滅，人主不急起收之，則火種絕矣。』（『越絕詩小序』）他所指的『人主』是明太祖，和現在的情景不相符。

石在，火種是不會絕的。但我要重申九年前的主張，不要再請願！

19，XII，1935。

阿Q正傳的成因

在文學週報二五一期裏，西諦先生談起吶喊，尤其是阿Q正傳。這不覺引動我記起了一些小事情，也想藉此來說一說，一則也算是做文章，投了稿；二則還可以給要看的人去看去。

我先要抄一段西諦先生的原文——

「這篇東西值得大家如此注意，原不是無因的。但也有幾點值得商榷的，如最後「大團圓」的一幕，我在晨報上初讀此作之時，即不以為然，至今也還不以為然，似乎作者對於阿Q之收局太匆促了；他不欲再往下寫了，便如此隨意的給他一個「大團圓」。像阿Q那樣的一個人，終於要做起革命黨來，終於受到那樣大團圓的結局，似乎連作者他自己在最初寫作時也是料不到的。至少在人格上似乎是兩個。」

阿Q是否真要做革命黨，即使真做了革命黨，在人格上是否似乎是兩個，現在姑且勿論。單是這篇東西的成因，說起來就要很費功夫了。我常常說，我的文章不是湧出來的，是擠出來的。聽的人往往誤解為謙遜，其實是真情。我沒有什麼話要說，也沒有什麼文章要做，但有一種自害的脾氣，是有時不免吶喊幾聲，想給人們去添點熱鬧。譬如一匹疲牛罷，明知不堪大用的了，但廢物何妨利用呢，所以張讓要我耕一弓地，可以的；李家要我挨一轉磨，也可以的；趙家要我在他店前站一刻，在我背上帖出廣告道：敝店備有肥牛，出售上等消毒滋養牛乳。我雖然深知道自己是怎麼瘦，又是公的，並沒有乳，然而想到他們為張羅生意起見，情有可原，只要出售的不是毒藥，也就不說什麼了。但倘若用得我太苦，是不行的，我還要自己覓草喫，要喘氣的工夫；要專指我為某家的牛，將我關在他的牛牢內，也不行的，我有時亦許還要給別家挨幾轉磨。如果連肉都要出賣，那自然更不行，理由自明，無須細說。倘遇到上述的三不行，我就跑，或者索性躺在荒山裏。即使因此忽而從深刻變為淺薄，從戰士化為畜生，嚇我以康有為，比我以梁啓超，也都滿不在乎，還是我跑我的，我躺我的，決不出來再上當，因為我於『世故』實在是太深了。

近幾年吶喊有許多人看，當初是萬料不到的，而且連料也沒有料。不過是依了相識者的希望，要我寫一點東西就寫一點東西。也不很忙，因為不很有人知道魯迅就是我。我所用的筆名也不只一個：LS，神飛，唐俟，某生者，雪之，風聲；更以前還有自樹，索士，令飛，迅行。魯迅就是承迅行而來的，因為那時的新青年編輯者不願意有別號一般的署名。

現在是有人以為我想做什麼狗首領了，真可憐，偵察了百來回，竟還不明白。我就從不曾插了魯迅的旗去訪過一次人；「魯迅即周樹人」，是別人查出來的。這些人有四類：一類是為要研究小說，因而要知道作者的身世；一類單是好奇；一類是因爲我也做短評，所以特地揭出來，想我受點禍，一類是以爲於他有用處，想要鑽進來。

那時我住在西城邊，知道魯迅就是我的，大概只有新青年，新潮社裏的人們吧；孫伏園也是一個。他正在晨報館編副刊。不知是誰的主意，忽然要添一欄稱爲『開心話』的了，每週一次。他就來要我寫一點東西。

阿Q的影像，在我心目中似乎確已有了好幾年，但我一向毫無寫他出來的意思。經這一提，忽然想起來了，晚上便寫了一點，就是第一章：序。因爲要切『開心話』這題目，就胡亂加上些不必有的滑稽，其實在全篇裏也是不相稱的。署名是『巴人』，取『下里巴人』，並不高雅的意思。誰料這署名又闖了禍了，但我却一向不知道，今年在現代評論上看見涵廬（即高一涵）的閒話才知道的。那大略是——

『……我記得當阿Q正傳一段一段陸續發表的時候，有許多人都慄慄危懼，恐怕以後要罵到他的頭上。幷且有一位朋友，當我面說，昨日阿Q正傳上的某一段彷彿就是罵他自己。因此便猜疑阿Q正傳是某人作的，何以呢？因爲祇有某人知道他這一段私事。……從此疑神疑鬼，凡是阿Q正傳中所罵的，都以爲就是他的陰私；凡是與登載阿Q正傳的報紙有關係的投稿人，都不免做了他所認爲阿Q正傳的作者的嫌疑犯了！等到他打聽出來阿Q正傳的作者名姓的時候，他才知道他和作者素不相識，因此，才恍然自悟，又逢人聲明說不是罵他。（第四卷第八十九期）我對於這位『某人』先生很抱歉；竟因我而做了許多天嫌疑犯。可惜不知是誰，『巴人』兩字很容易疑心到四川人身上去，或者是四川人吧。直到這篇收在吶喊裏，也還有人問我，你實在是罵誰和誰呢？我只能悲憤，自恨不能使人看得我不至於如此下劣。

第一章登出之後，便『苦』字臨頭了，每七天必須做一篇，我那時雖然並不忙，然而正在做流民，夜晚睡在做通路的房子裏，這屋子只有一個後窗，連好好的寫字地方也沒有，那裏能靜坐一會，想一下。伏園雖然還沒有現在這樣胖，但已經笑嘻嘻，善於催稿了，每星期來一回，一有機會就是：『先生，阿Q正傳……。明天要付排了。』於是只得做，心裏想着，『俗語說「討飯怕狗咬，秀才怕歲考。」我既非秀才，又要週考，眞是爲難……。』然而終於又一章。但是，似乎漸漸認眞起來了；伏園也覺得不很『開心』，所以從第二章起，便移在『新文藝』欄裏。

這樣地一週一週挨下去，於是乎就不免發生阿Q可要做革命黨的問題了。據我的意思，中國倘不革命，阿Q便不做，既然革命，就會做的。我的阿Q的運命，也只能如此，人格也恐怕并不是兩個。民國元年已經過去，無可追蹤了，但此後再有改革，我相信還會有阿Q似的革命黨出現。我也很願意如人們所說我只寫出了現在以前的或一時期，但我還恐怕我所看見的并非現代的前身，而是其後，或者竟是二三十年之後。其實這也不算辱沒了革命黨，阿Q究竟已經用竹筷盤上他的辮子了；此後十五年，長虹『走到出版界』，不也就成為一個中國的『綏惠略夫』了麼？

阿Q正傳大約做了兩個月，我實在很想收束了，但我已經記不大清楚，似乎伏園不贊成，或者是我疑心倘一收束，他會來抗議，所以將『大團圓』藏在心裏，而阿Q却已經漸漸向死路上走。到最末的一章，伏園倘在，也許會壓下，而要求放阿Q多活幾星期的罷。但是『會逢其適』，他回去了，代庖的是何作霖君，於阿Q素無愛憎，我便將『大團圓』送去，他便登出來。待到伏園回京，阿Q已經鎗斃了一個多月了。縱令伏園怎樣善於催稿，如何笑嬉嬉，也無法再說『先生，阿Q正傳……。』從此我總算收束了一件事，可以另幹別的去。另幹了別的什麼，現在也已經記不清，但大概還是這一類的事。

其實『大團圓』倒不是『隨意』給他的；至於初寫時可會料到，那倒確乎也是一個疑問。我彷彿記得：沒有料到。不過這也無法，誰能開首就料到人們的『大團圓』，不但對於阿Q，連我自己將來的『大團圓』，我就料不到究竟是怎樣。終於是『學者』，或『教授』乎？還是『學匪』或『學棍』呢？『官僚』乎，還是『刀筆吏』呢？『思想界之權威』乎，抑『思想家先驅者』乎，抑又『世故的老人』乎？『藝術家？』『戰士？』抑又是見客不怕麻煩的特別『亞拉籍夫』乎？乎？乎？乎？

但阿Q自然還可以有各種別樣的結果，不過這不是我所知道的事。

先前，我覺得我很有寫得『太過』的地方，近來却不這樣想了。中國現在的事，即使如實描寫，在別國的人們，或將來的好中國的人們看來，也都會覺得 Grotesk。我常常假想一件事，自以爲這是想得太奇怪了；但倘遇到相類的事實，却往往更奇怪。在這事實發生以前，以我的淺見寡識，是萬萬想不到的。

大約一個多月以前，這里鎗斃一個強盜，兩個穿短衣的人各拿手鎗，一共打了七鎗。不知道是打了不死呢，還是死了仍然打，所以要打得這麼多，當時我便對我的一羣少年同學發感慨，說：這是民國初年初用鎗斃的時候的情形；現在隔了十多年，應該進步些，無須給死者這麼多的苦痛。北京就不然，犯人未到刑場，刑吏就從後腦一鎗，結果了性命，本人還來不及知道已經死了呢。所以北京究竟是『首善之區』，便是死刑，也比外省的好得遠。

但是前幾天看見十一月二十三日的北京世界日報，又知道我的話并不的確了，那第六版上有一條新聞，題目是『杜小拴子刀鍘而死』，共分五節，現在撮錄一節在下面——

▲杜小拴子刀鍘餘人鎗斃　先時衞戍司令部因爲從了毅軍各兵士的請求，決定用『梟首刑』，所以杜等不曾到場以前，刑場已預備好了鍘草大刀一把了。刀是長形的，下邊是木底，中縫有

厚大而銳利的刀一把刀下面有一孔橫嵌木上可以上下的活動，杜等四人入刑場之後，由招扶的兵士把杜等架下刑車，就叫他們臉冲北對著已備好的刑椅前站着：……杜并沒有跪，有外右五區的某巡官去問杜：要人把著不要？杜就笑而不答，後來就自己跑到刀前，自己眠在刀上，仰面受刑，先時行刑兵已將刀抬起，杜枕到適宜的地方後，行刑兵就合眼猛力一鍘，杜的身首就不在一處了。當時血出極多，在旁邊跪等鎗決的宋振山等三人，也各偷眼去看，其中有趙振一名，身上還發起顫來。後由某排長拿手鎗站在宋等的後面，先斃宋振山，後斃李有三，趙振，每人都是一鎗斃命。……先時，被害程步墀的兩個兒子忠智忠信都在場觀看，放聲大哭，到各人執刑之後，去大喊：爸！媽呀！你的仇已報了！我們怎麼辦哪？聽的人都非常難過，後來由家族引導着回家去了。

假如有一個天才，真感着時代的心搏，在十一月二十二日發表出記敘這樣情景的小說來，我想，許多讀者一定以爲是說着包龍圖爺爺時代的事，在西曆十一世紀，和我們相差將有九百年。

這眞是怎麼好……。

至於阿Q正傳的譯本，我只看見過兩種。法文的登在八月分的歐羅巴上，還止三分之一，是有刪節的。英文的似乎譯得很懇切，但我不懂英文，不能說什麼。只是偶然看見還有可以商榷的兩處：一是「三百大錢九二串」當譯爲「三百大錢，以九十二文作爲一百」的意思；二是「柿油黨」不如譯

音因為原是「自由黨」鄉下人不能懂便譌成他們能懂的「柿油黨」了

答楊邨人先生的公開信

文化列車破格的開到我的書桌上面是十二月十日開車的第三期，託福使我知道了近來有這樣一種雜誌，並且使我看見了楊邨人先生給我的公開信，還要求着答覆。對於這一種公開信，本沒有一定給以答覆的必要的，因爲牠既是公開，那目的其實是在給大家看，對我個人倒還在其次。但是，我如果要回答也可以，不過目的還是在給大家看，要不然，不是只要直接寄給個人就完了麼？因爲這緣故，所以我在回答之前，應該先將原信重抄在下面——

魯迅先生：

讀了李儵先生（不知道是不是李又燃先生，抑或曹聚仁先生的筆名）的讀僞自由書一文，近末一段說：

「讀着魯迅僞自由書，便想到魯迅先生的人。那天，見魯迅先生吃飯，咀嚼時牽動着筋肉，連胸肋骨也拉拉動的，魯迅先生是老了！我當時不禁一股酸味上心頭。記得從前看到父親的老態時有這樣的情緒，現在看了魯迅先生的老態又重溫了一次。這都是使司馬懿之流，快活的事，何況旁邊早變心了魏延。」（這末一句照原文十個字抄，一字無錯，確是妙文！）

不禁令人起了兩個感想：一個是我們敬愛的魯迅先生老了，一個是我們敬愛的魯迅先生爲什麼是諸葛亮先生的「旁邊」那裏來的「早變心了魏延」無產階級大衆何時變成了阿斗？

第一個感想使我惶恐萬分？我們敬愛的魯迅先生老了，這是多麼令人驚心動魄的事！記得吶喊在北京最初出版的時候（大概總在十年前。）我拜讀之後，景仰不置，曾爲文介紹頌揚，揭登於張東蓀先生編的學燈，在當時我的敬愛先生甚於敬愛創造社四君子。其後一九二八年語絲上先生爲文譏誚我們雖然兩方論戰絕無感情，可是論戰是一回事，私心敬愛依然如昔。一九三〇年秋先生五十壽辰的慶祝會上，我是參加慶祝的一個，而且很親切地和先生一起談天，私心很覺榮幸。左聯有一次大會在一個日本同志家裏開着，我又和先生見面，十分快樂，可是今年我脫離共產黨以後，在左右夾攻的當兒藝術新聞與出版消息都登載先生要「噓」我的消息說是書名定爲：「北平五講與上海三噓」，將對我「用噓的方式加以襲擊，」而且將我與梁實秋張若谷同列，這自然是引起我的反感，所以才有新儒林外史第一回之作。但在新儒林外史第一回裏頭只說先生出陣交戰用的是大刀一詞加以反攻的諷刺而已。其中引文的情緒與態度都是敬愛先生的。文中的意義卻是以爲先生對於我加以「噓」的襲擊未免看錯了敵人吧了。到了拜讀大著兩地書以後爲文介紹，筆下也十分恭敬并沒半點謾罵的字句可是先生於我的種痘一文裏頭卻有所誤會似地順筆對我放了兩三枝冷箭兒，特別地說是有人攻擊先生的老，在我呢，幷沒有覺得先生老了，而且那篇文章也沒有攻擊先生的老，先生自己認爲是老了罷了，伯納蕭的年紀比先生還大，伯納蕭的鬚毛比先生還白如絲吧，伯納蕭且不是老了，先生怎麼這樣就以爲老了呢？我是從來沒有覺到先生老了的，我只感覺到先生有如青年而且希望先生永久年青，然而，讀了李儵先生的文章，我惶恐，我驚訝，原來先生眞的老了。李儵先生因爲看了先生老了而「不禁一股酸味上心頭」，有如看他的令尊的老態的時候有過的情緒，我雖然也時常想念着我那年老的父親，但幷沒有如人家攻擊我那樣地想做一個「孝子，」不過是天性所在有未免興感而想念着罷了，所以我看了李儵先生的文章幷沒有聯想到我的父親上面去。然而先生老了，我是惶恐與驚訝。我惶恐與驚訝的是，我們敬愛的文壇前輩老了，他將因爲生理上的緣故而要停止他的工作了！在這敬愛的心理與觀念上，我將今年來對先生的反感打個粉碎，竭誠地請先生訓誨，可是希望先生以嚴肅的態度出之如「噓，」如放冷箭兒等卻請愼重，以令對方心服。

第二個感想使我：：因爲那是李儵先生的事，這裏不願有擾淸聽。

假如這信是先生覺得有答復的價值的話，就請寄到這裏文化列車的編者將牠發表，否則希望先生爲文給我一個嚴正的批判也可以發表的地方我想隨處都歡迎的。

專此并竭誠地恭敬地問了一聲安好，并祝

康健！

楊邨人謹啓。

一九三三，一二，三。

末了附帶聲明一句，我作這信是出諸至誠，并非因爲鬼兒子罵我和先生打筆墨官司變成小鬼以後向先生求和以……「大鬼」的意思。邨人又及。

以下算是我的回信。因爲是信的形式，所以開頭照例是——

邨人先生：

先生給我的信是沒有答覆的價值的。我並不希望先生「心服」，先生也無須我批判，因爲近二年來的文字，已經將自己的形像畫得十分分明了。自然，我決不會相信「鬼兒子」們的胡說，但我也不相信先生。

這並非說先生的話是一樣的叭兒狗式的狺狺；恐怕先生是自以爲永久誠實的罷，不過因爲急促的變化，苦心的躲閃，弄得左支右絀，不能自圓其說，終於變成廢話了，所以在聽者心中也就失去了重量。例如先生的這封信，倘略有自知之明，其實是不必寫的。

先生首先問我「爲什麼是諸葛亮？」這就問得稀奇。李儻先生我曾經見過面，並非曹聚仁先生，至於是否李又燃先生，我無從確說，因爲又燃先生我是沒有預先見過的，我『爲什麼是諸葛亮』呢？別人的議論，我不能也不必代爲答覆，要不然，我得整天的做答案了。也有人說我是『人群的蟊賊』的。『爲什麼？』——我都由牠去。但據我所知道，魏延變心，是在諸葛亮死後，我還活着，諸葛亮的頭銜是不能加到我這里來的，所以『無產階級大衆何時變成了阿斗？』的問題也就落了空。那些廢話，如果還記得三國志演義，或吳稚暉先生的話，是不至於說出來的，書本子上及別人，並未說過人民是阿斗。現在請放心罷。但先生站在『小資產階級文學革命』的旗下，還是什麼『無產階級大衆』自己的眼睛看見了這些字，不覺得『羞或可笑麼？不要再提這些字，怎麼樣呢？

其次是先生『驚心動魄』於我的老，可又『驚心動魄』得很稀奇。我沒有修煉仙丹，自然的規則，一定要使我老下去，絲毫也不足爲奇的，請先生還是靜一點的好。而且我後來還要死呢，這也是自然的規則，豫先聲明，請千萬不要『驚心動魄』，否則逐漸就要神經衰弱，愈加滿口廢話了。我即使老，即使死，卻決不會將地球帶進棺材裏去，牠還年青，牠還存在，希望正在將來，目前也還可以插先生的旗子。這一節我敢保證，也請放心工作罷。

於是就要說到『三噓』問題了。這事情是有的，但和新聞上所載的有些兩樣。那時是在一個飯店裏，大家閒談，談到有幾個人的文章，我確曾說：這些都只要以一噓了之，不值得反駁。這幾個人們中先生也在內。我的意思是：先生在這冠冕堂皇的『自白』裏，明明的告白了農民的純厚小資產階級的智識者的動搖和自私，卻又要來豎起小資產階級革命文學的旗，就自己打着自己的嘴。不過也並未說出，走散了就算完結了。但不知道是輾轉傳開去的呢，還是當時就有新聞記者在座，不久就大張其辭的在報上登了出來，並請讀者猜測。近五六年來，關於我的記載多極了：無論爲毀爲譽，是假是眞，我都置之不理，因爲我沒有聘定的律師，常登廣告的鉅款，也沒有遍看各種刊物的工夫。況且新聞記者爲要哄動讀者，會弄些誇張的手段，是大家知道的，甚至於還全盤捏造。例如先生還在做『革命文學家』的時候，用了『小記者』的筆名在一種報上說我領到了南京中央黨部的文學獎金，大開筵宴，祝孩子的週年，不料引起了郁達夫先生對於亡兒的記憶，悲哀了起來。這眞說得栩栩如生，連出世不過一年的嬰兒也和我一同被噴滿了血汙。然而這事實的全出於創作，我知道達夫先生說道，記者兼作者的您楊邨人先生當然也不會不知道的。

當時我一聲不響。爲什麼呢？革命者爲達目的，可用任何手段的話，我是以爲不錯的，所以即使因爲我罪孽深重，革命文學的第一步，必須拿我開刀，我也敢於咬着牙關忍受。殺不掉，我就退進野草裏，自己舐盡了傷口的血痕，決不煩別人敷藥。但是人非聖人，爲了麻煩而激動起來的時候也有的，我誠然譏誚過先生『們』，這些文章，後來都收在三閑集中，一點也不刪去，然而和先生『們』的造謠言和攻擊文學的數量來比一比罷不是不到十分之一麼不但此也，在講演裏，我有時也曾嘲笑葉靈鳳先生或先生，先生們以『前衞』之名，趙趙出陣的時候，我是祭旗的犧牲，即戰不數合便從火線上爬了開去之際，我以爲實在也難以禁絕我的一笑。無論在階級的立場上，在個人的立場上，我都有一笑的權利的。然而我從未儼然的假借什麼『良心』或『無產階級大衆』之名，來凌壓敵手，我接着一定聲明：這是因爲我和他有些個人的私怨的。先生，這還不夠退讓麼？

但爲了不能使我負責的新聞記事、竟引起先生的『反感』來了，然而仍蒙破格的優待，在新儒林外史裏，還賞我拿一柄大刀。在禮儀上，我是應該致謝的，但在實際上，卻也如大張筵宴一樣，我並無大刀，只有一枝筆，名曰『金不換』。這也並不是在廣告，不收盧布的意思，是我從小用慣，每枝五分的便宜筆。我確曾用這筆碰着了先生，不過也只如運用古典一樣，信手拈來，涉筆成趣而已，並不特別含有報復的惡意。但先生卻又給我掛上『三枝冷箭』了。這可不能怪先生的，因爲這只是陳源教授的餘唾。然而即使算是我報復罷，由上面所說原因，也還不至於走進『以怨報德』的隊伍裏面去。

至於所謂『北平五講與上海三噓』，其實是至今沒有寫，聽說北平有一本五講出版，那可並不是我做的，我也沒有見過那一本書。不過既然鬧了風潮，將來索性寫一點也難說，如果寫起來，我想名爲五講三噓集，但後一半也未必正是報上所說的三位先生，似乎是梁實秋，張若谷兩位先生總在我看是排起來倒也並不怎樣辱沒了先生，只是張若谷先生比較的差一的，淺陋得很，連做一『噓』的材料也不夠，我大概要另換一位的。

對於先生，照我此刻的意見，寫起來恐怕也不會怎麼壞。我以為先生雖是革命場中的一位小販，卻並不是奸商。我所謂奸商者，一種是國共合作時代的闊人，那時頌蘇聯，讚共產，無所不至，一到清黨時候，就用共產青年，共產嫌疑青年的血來洗自己的手，依然是闊人，時勢變了，而不變其闊；一種是革命的驍將，殺土豪，倒劣紳，激烈得很，一有蹉跌，便稱為『棄邪歸正』，罵『土匪』，殺同人，也激烈得很，主義改了，而仍不失其驍。先生呢，據『自白』，革命與否以親之苦樂為轉移，有些投機氣味是無疑的，但並沒有反過來做大批的買賣，僅在竭力要化為『第三種人』，來過比革命黨較好的生活。既從革命陣線上退回來，為辯護自己，做穩『第三種人』起見，總得有一點零星的懺悔，對於統治者，其實是頗有些益處的，但竟還至於遇到『左右夾攻的苦況』者，恐怕那一方面還嫌先生們門面太小的緣故罷，這和銀行僱員的看不起小錢店夥計是一樣的。先生雖然覺得抱屈，但不信『第三種人』的存在不獨是左翼，卻因先生經驗而證明了，這也是一種很大的功德。

平心而論，先生是不算失敗的，雖然自己覺得被『夾攻』，但現在只要沒有馬上殺人之權的人，有誰不遭攻擊。生活當然是辛苦的罷，不過比起被殺被囚禁的人們來，真有天淵之別，文章也隨處能夠發表，較之被封鎖，壓迫，禁止的作者，也自由自在得遠了。和闊人驕將比，那當然還差得很遠。這就因為先生並不是奸商的緣故。這是先生的苦處，也是先生的好處。

話已經說得太多了，就此完結。總之，我還是和先前一樣，決不肯造謠說謊，特別攻擊先生，但從此改變另一種態度，卻也不見得，本人的『反感』或『恭敬』我是毫不打算的，請先生也不要因為我的『將因為生理上的緣故而要停止工作』而原諒我，為幸。

專此奉答，並請

著安。

魯迅

一九三三，一二，二八。

華德焚書異同論

德國的希特拉先生們一燒書，中國和日本的論者們都比之於秦始皇。然而秦始皇實在寃枉得很，他的喫虧是在二世而亡，一班幫閒們都替新主子去講他的壞話了。

不錯，秦始皇燒過書，燒書是為了統一思想。但他沒有燒掉農書和醫書；他收羅許多別國的『客卿』，並不專重『秦的思想』，倒是博采各種的思想的。秦人重小兒；始皇之母，趙女也，趙重婦人，所以我們從『劇秦』的遺文中，也看不見輕賤女人的痕迹。

希特拉先生們却不同了，他所燒的首先是『非德國思想』的書，沒有容納客卿的魄力；其次是關於性的書，這就是毀滅以科學來研究性道德的解放，結果必將使婦人和小兒沈淪在往古的地位，見不到光明。而可比於秦始皇的車同軌，書同文……之類的大事業，他們一點也做不到。

阿刺伯人攻陷亞歷山德府的時候，就燒掉了那里的圖書館，那理論是：如果那些書籍所講的道理，和『可蘭經』相同，則已有『可蘭經』，無須留了；倘使不同，則是異端，不該留了。這才是希特拉先生們的嫡派祖師——雖然阿刺伯人也是『非德國的』——和秦的燒書，是不能比較的。

但是結果往往和英雄們的預算不同。始皇想皇帝傳至萬世，而偏偏二世而亡，赦免了農書和醫書，而秦以前的這一類書，現在卻偏偏一部也不剩，希特拉先生一上臺，燒書，打猶太人，不可一世，連這里的黃臉乾兒們，也聽得興高彩烈，向被壓迫者大加嘲笑，對諷刺文學放出諷刺的冷箭來——到底還明白的冷冷的諷刺說：你們究竟要自由不要？不自由，無寧死。現在你們為什麼不去拚死呢？

這回是不必二世，只有半年，希特拉先生的門徒們在奧國一被禁止，連黨徽也改成三色玫瑰了。最有趣的是因為不准叫口號，大家就以手遮嘴，用了「掩口式」。

這真是一個大諷刺。刺的是誰，不問也罷，但可見諷刺也還不是「夢囈」，質之黃臉乾兒們，不知以為何如？

六月二十八日。

『抄靶子』

中國究竟是文明最古的地方，也是素重人道的國度，對於人，是一向非常重視的。至於偶有凌辱誅戮，那是因爲這些東西並不是人的緣故。皇帝所誅者，『逆』也，官軍所剿者『匪』也，劊子手所殺者『犯』也。滿洲人『入主中夏』，不久也就染了這樣的淳風，雍正皇帝要除掉他的弟兄，就先行御賜改稱爲『阿其那』與『塞思黑』，我不懂滿洲話，譯不明白，大約是『猪』和『狗』罷。黃巢造反，以人爲糧，但若說他喫人，是不對的，他所喫的物事，叫作『兩脚羊』。

時候是二十世紀，地方是上海，雖然骨子裏永是『素重人道』，但表面上當然會有些不同的。對於中國的有一部分並不是『人』的生物，洋大人如何賜謚，我不得而知，我僅知道洋大人的下屬們所給與的名目。

假如你常在租界的路上走，有時總會遇見幾個穿制服的同胞和一位異胞（也往往沒有這一位，）用手鎗指住你，搜查全身和所拿的物件。倘是白種，是不會指住的；黃種呢，如果被指的說是日本人，就放下手鎗，請他走過去；獨有文明最古的黃帝子孫可就『則不得免焉』了，這在香港，叫作『搜身，』倒也還不算很失了體統，然而上海則竟謂之『抄靶子。』

抄者，搜也，靶子是該用鎗打的東西我從前年九月以來，才知道這名目的的確，四萬萬靶子，都排在文明最古的地方，私心在儌倖的只是還沒有被打着。洋大人的下屬，實在給他的同胞們定了絕好的名稱了。

然而我們這些「靶子」們，自己互相推舉起來的時候却還要客氣些。我不是「老上海，」不知道，——上海灘上先前的相駡，彼此是怎樣賜諡的了。但看看記載，還不過是「曲辮子，」「阿木林，」「壽頭碼子」雖然已經是「猪」的隱語，然而究竟還是隱語，含有寧「雅」而不「達」的高誼。若夫現在，則只要被他認爲對于他不大恭順，他便圓睜了綻着紅筋的兩眼，擠尖喉嚨，和口角的白沫同時噴出兩個字來道：猪玀！

六月十六日。

祝中俄文字之交

十五年前，被西歐的所謂文明國人看作半開化的俄國，那文學，在世界文壇上，是勝利的；十五年以來，被帝國主義者看作惡魔的蘇聯，那文學，在世界文壇上，是勝利的。這裏的所謂『勝利，』是說以牠的內容和技術的傑出，而得到廣大的讀者，並且給與了讀者許多有益的東西。

牠在中國，也沒有出於這例子之外。

我們曾在梁啓超所辦的『時務報』上，看見了『福爾摩斯包探案』的變幻，又在『新小說』上，看見了焦士威奴（Jules Verne）所做的號稱科學小說的『海底旅行』之類的新奇。後來林琴南大譯英國哈葛德（H.Ricer Haggard）的小說了，我們又看見了倫敦小姐之纏綿和非洲野蠻之古怪。至於俄國文學，却一點不知道，——但有幾位也許自己心裏明白，而沒有告訴我們的『先覺』先生，自然是例外。不過在別一方面，是已經有了感應的。那時較為革命的青年，誰不知道俄國青年是革命的，暗殺的好手？尤其忘不掉的是蘇菲亞，雖然大半也因為她是一位漂亮的姑娘。現在的國貨的作品中，還常有『蘇菲』一類的名字，那淵源就在此。

那時——十九世紀末——的俄國文學，尤其是陀思妥夫斯基和託爾斯泰的作品，已經很影響了德國文學，但這和中國無關，因爲那時研究德文的人少得很。最有關係的是英美帝國主義者，他們一面也翻譯了陀思妥夫斯基，都介涅夫，託爾斯泰，契訶夫的選集了。一面也用那做給印度人讀的讀本來教我們的靑年以拉瑪和吉利瑟那（Rama and Krishna）的對話，然而因此也攜帶了閱讀那些選集的可能。包探，冒險家，英國姑娘，非洲野蠻的故事，是只能當醉飽之後，在發脹的身體上搔搔癢的，然而我們的一部分的靑年却已經覺得壓迫；只有痛楚，他要掙扎，用不着癢癢的撫摩，只在尋切實的指示了。

那時就看見了俄國文學。

那時就知道了俄國文學是我們的導師和朋友。因爲從那裏面看見了被壓迫者的善良的靈魂，的酸辛，的掙扎；還和四十年代的作品一同燒起希望，和六十年代的作品一同感到悲哀。我們豈不知道那時的大俄羅斯帝國也正在侵略中國，然而從文學裏明白了一件大事，是世界上有兩種人：壓迫者和被壓迫者！

從現在看來，這是誰都明白，不足道的，但在那時，却是一個大發見，正不亞於古人的發見了火的可以照暗夜，煑東西。

俄國的作品，漸漸的紹介進中國來了，同時也得了一部分讀者的共鳴，只是傳佈開去。零星的譯品且不說能。成爲大部的就有「俄國戲曲集」十種和「小說月報」增刊的「俄國文學研究」一大本，還有「被壓迫民族文學號」兩本，則是由俄國文學的啓發，而將範圍擴大到一切弱小民族，並且明明點出「被壓迫」的字樣來了。

於是也遭了文人學士的討伐，有的主張文學的「崇高」，說描寫下等人是鄙俗的勾當，有的比創作爲處女，說翻譯不過是媒婆，而重譯尤令人討厭。的確，除了「俄國戲曲集」以外，那時所有的俄國作品幾乎都是重譯的。

但俄國文學只是紹介進來，傳佈開去。

作家的名字知道得更多了，我們雖然從安特來夫（L. Andreev）的作品裏遇到了恐怖，阿爾志跋綏夫（M, Artsybashev）的作品裏看見了絕望和荒唐，但也從珂羅連珂（V. Korolenko）學得了寬宏，從戈理基（Maxim Gorky）感受了反抗，讀者大衆的共鳴和熱愛，早不是幾個論客的自私的曲說所能掩蔽，這偉力，終於使先前膜拜曼殊斐兒（John Masefield）的紳士也重譯了都介涅夫的「父與子」，排斥「媒婆」的作家也重譯着託爾斯泰的「戰爭與和平」了。

這之間，自然又遭了文人學士和流氓警犬的聯軍的討伐。對於介紹者，有的說是爲了盧布，有的說是意在投降，有的笑爲「破鑼」，有的指爲共黨，而實際上的對於書籍的禁止和沒收，還因爲是秘密的居多，無從列舉。

　但俄國文學只是紹介進來，傳佈開去。

　有些人們也譯了莫索里尼傳，也譯了希特拉傳，但他們紹介不出一册現代意國或德國的白色的大作品，『戰後』是不屬於希特拉的卍字旗下的，『死的勝利』又只好以『死』自傲。但蘇聯文學在我們却已有了里培進斯基的『一週間』，革拉特珂夫的『士敏土』，法捷耶夫的『毀滅』，綏拉菲摩微支的『鐵流』；此外中篇短篇還有得很。凡這些，都在御用文人的明鎗暗箭之中，大踏步跨到讀者大衆的懷裏去，給一一知道了變革，戰鬪，建設的辛苦和成功。

　但一月以前，對於蘇聯的『輿論』，剎時都轉變了，昨夜的魔鬼，今朝的良朋；許多報章，總要提起幾點蘇聯的好處，有時自然也涉及文藝上：『復交』之故也。然而，可祝賀的却並不在這里。自利者一淹在水裏面將要滅頂的時候，只要抓得着，是無論『破鑼』破鼓，都會抓住的，他決沒有所謂『潔癖。』然而無論他終於滅亡或幸而爬起，始終還是一個自利者。隨手來舉一個例子罷，上海稱爲『大報』的『申報』，不是一面甜嘴蜜舌的主張着『組織蘇聯考察團』（三二年十二月二十八日時評；）而一面又將林克多的『蘇聯聞見錄』稱爲『反動書籍』（同月二十七日新聞）麼？

　可祝賀的，是在中俄的文字之交，開始雖然比中英，中法遲，但在近十年中，兩國的絕交也好，復交也好我們的讀者大衆却不因此而進退;譯本的放任也好,禁壓也好,我們的讀者也決不因此而盛衰不但如常,而且擴大;不但雖絕交和禁壓還是如常,而且雖絕交和禁壓而更加擴大。這可見我們的讀者大衆,是一向不用自私的『勢利眼』來看俄國文學的。我們的讀者大衆,在朦朧中,早知道這偉大肥沃的『黑土』裏,要生長出什麼東西來,而這『黑土』卻也確實生長了東西,給我們親見了忍受,呻吟,掙扎,反抗,戰鬬,變革,戰鬬,建設,戰鬬,成功。

在現在,英國的蕭,法國的羅蘭,也都成爲蘇聯的朋友了。這也是當我們中國和蘇聯在歷來不斷的『文字之交』的途中,擴大而與世界結成眞的『文字之交』的開始。

這是我們應該祝賀的。

十二月三十日。

論『第三種人』

這三年來，關於文藝上的論爭是沉寂的，除了在指揮刀的保護之下，掛着『左翼』的招牌，在馬克斯主義裏發見了文藝自由論，列甯主義裏找到了殺盡共匪說的論客的『理論』之外，幾乎沒有人能夠開口。然而，倘是『爲文藝而文藝』的文藝，却還是『自由』的，因爲他決沒有收了盧布的嫌疑。但是『第三種人』，就是『死抱住文學不放的人』，又不免有一種苦痛的豫感：左翼文壇要說他是『資產階級的走狗』。

代表這一種『第三種人』來鳴不平的，是『現代』雜誌第三和第六期上的蘇汶先生的文章（我在這里先應該聲明：我爲便利起見，暫且用了『代表』，『第三種人』這些字眼，雖然明知道蘇先生的『作家之羣』，是也如拒絕『或者』，『多少』，『影響』這一類不十分決定的字眼一樣，不要固定的名稱的，因爲名稱一固定，也就不自由了。）他以爲左翼的批評家，動不動就說作家『資產階級的走狗』，甚至於將中立者認爲非中立，而一非中立，便有認爲『資產階級的走狗』的可能，號稱『左翼作家』者既然『左而不作』，『第三種人』又要作而不敢，於是文壇上便沒有東西了。然而文藝據說至少有一部分是超出於階級鬥爭之外的，爲將來的，就是『第三種人』所抱住的眞的，永久的文藝，——但可惜，被左翼理論家弄得不敢作了，因作家在未作之前，就有了被罵的豫感。

我相信這種豫感是會有的，而以『第三種人』自命的作家，也愈加容易有。我也相信作者所說，現在很有懂得理論，而感情難變的作家。然而感情不變，則懂得理論的度數，就不免和感情已變或略變者有些不同，而看法也就因此兩樣。蘇汶先生的看法，由我看來，是並不正確的。

自然，自從有了左翼文壇以來，理論家曾經犯過錯誤，作家之中，也不但如蘇汶先生所說，有『左而不作』的，並且還有由左而右，甚至於化爲民族主義文學的小卒，書坊的老闆，敵黨的探子的，然而這些討厭左翼文壇了的文學家所遺下的左翼文壇，却依然存在，不但存在，還在發展，克服自己的壞處，向文藝這神聖之地進軍。蘇汶先生問過：克服了三年，還沒有克服好麼？回答是：是的，還要克服下去，三十年也說不定。然而一面克服着，一面進軍着，不會做待到克服完成，然後行進那樣的傻事的。但是，蘇汶先生說過『笑話』：左翼作家在從資本家取得稿費；現在我來說一句眞話，是左翼作家還在受封建的資本主義的社會的法律的壓迫，禁錮，殺戮。所以左翼刊物，全被摧殘，現在非常寥寥，即偶有發表，批評作品的也絕少，而偶有批評作品的，也並未動不動便指作家爲『資產階級的走狗』，而且不要『同路人』。左翼作家並不是從天上掉下來的神兵，或國外殺進來的仇敵，他不但要那同走幾步的『同路人』，還要招致那站在路旁看看的看客也一同前進。

但現在要問左翼文壇現在因爲受着壓迫，不能發表很多的批評，倘一旦有了發表的可能，不至於動不動就指「第三種人」爲「資產階級的走狗」麼？我想倘若左翼批評家沒有宣誓不說，又只從壞處着想，那是有這可能的，也可以想得比這還要壞。不過我以爲這種豫測，實在和想到地球也許有破裂之一日，而先行自殺一樣，大可以不必的。

然而蘇汶先生的「第三種人」，却據說是爲了這未來的恐怖而「擱筆」了。未曾身歷，僅僅因爲心造的幻影而擱筆，「死抱住文學不放」的作者的擁抱力，又何其弱呢？兩個愛人，有因爲豫防將來的社會上的斥責而不敢擁抱的麼？

其實，這「第三種人」的「擱筆」，原因並不在左翼批評的嚴酷。眞實原因的所在，是在做不成這樣的「第三種人」，做不成這樣的人，也就沒有了第三種筆，擱與不擱，還談不到。

生在有階級的社會裏而要做超階級的作家，生在戰鬪的時代而要離開戰鬪而獨立，生在現在而要做給與將來的作品，這樣的人，實在也是一個心造的幻影，在現實世界上是沒有的。要做這樣的人，恰如用自己的手拔着頭髮，要離開地球一樣，他離不開，焦躁着，然而並非因爲有人搖了搖頭，使他不敢拔了的緣故。

所以雖是「第三種人」，却還是一定超不出階級的，蘇汶先生就先在豫料階級的批評了，作品裏又豈能擺脫階級的利害；也一定離不開戰鬥的，蘇汶先生就先以『第三種人』之名提出抗爭了，雖然『抗爭』之名又爲作者所不願受；而且也跳不過現在的，他在創作超階級的，爲將來的作品之前，先就留心於左翼的批判了。

這確是一種苦境。但這苦境，是因爲幻影不能成爲實有而來的。即使沒有左翼文壇作梗，也不會有這『第三種人』，何況作品。但蘇汶先生却又心造了一個橫暴的左翼文壇的幻影，將『第三種人』的幻影不能出現，以至將來的文藝不能發生的罪孽，都推給牠了。

左翼作家誠然是不高超的，連環圖畫唱本，然而也不到蘇汶先生所斷定那樣的沒出息。左翼也要託爾斯泰，弗羅培爾。但不要『努力去創造一些屬於將來（因爲他們現在是不要的）的東西』的託爾斯泰和弗羅培爾。他們兩個，都是爲現在而寫的，將來是現在的將來，於現在有意義，才於將來會有意義。尤其是託爾斯泰，他寫些小故事給農民看，也不自命爲『第三種人』，當時資產階級的多少攻擊，終於不能使他『擱筆』。左翼雖然誠如蘇汶先生所說，不至於蠢到不知道『連環圖畫是產生不出託爾斯泰，產生不出弗羅培爾來』，但却以爲可以產生密開朗該羅，達文希那樣偉大的畫手。而且我相信，從唱本說書裏是可以產生託爾斯泰，弗羅培爾的。現在提起密開朗該羅們的畫來，誰也沒有非議了，但實際上，那不是宗教的宣傳畫，『舊約』的連環圖畫麼？而且是爲了那時的『現在』的。

總括起來說，蘇汶先生是主張「第三種人」與其欺騙，與其做冒牌貨，倒還不如努力去創作，這是極不錯的。

「定要有自信的勇氣，才會有工作的勇氣！」這尤其是對的。

然而蘇汶先生又說，許多大大小小的「第三種人」們，卻又因爲豫感了不祥之兆——左翼理論家的批評而「擱筆」了！

「怎麽辦呢？」

十月十日。

推

兩三月前，報上好像登過一條新聞，說有一個賣報的孩子，踏上電車的踏脚去取報錢，誤踹住了一個下來的客人的衣角，那人大怒，用力一推，孩子跌入車下，電車又剛剛走動，一時停不住，把孩子碾死了。

推倒孩子的人，却早已不知所往。但衣角會被踹住，可見穿的是長衫，即使不是『高等華人』，總該是屬於上等的。

我們在上海路上走，時常會遇見兩種橫衝直撞，對於對面或前面的行人，決不稍讓的人物。一種是不用兩手，却只將直直的長脚，如入無人之境似的踏過來，倘不讓開，他就會踏在你的肚子或肩膀上。這是洋大人，都是『高等』的，沒有華人那樣上下的區別。一種就是彎上他兩條臂膊，手掌向外，像蠍子的兩個鉗一樣，一路推過去，不管被推的人是跌在泥塘或火坑裏。這就是我們的同胞，然而『上等』的，他坐電車，要坐二等所改的三等車，他看報，要看專登黑幕的小報，他坐着看得嚥唾沫，但一走動，又是推。

上車，進門，買票，寄信，他推，出門，下車，避禍，逃難，他又推。推得女人孩子都踉踉蹌蹌，跌倒了，他就從活人上踏過，跌死了，他就從死屍上踏過，走出外面用舌頭舐舐自己的厚嘴唇，什麼也不覺得。舊曆端午，在一家戲場裏因爲一句失火的謠言，就又是推，把十多個力量未足的少年踏死了。死屍擺在空地上，據說去看的又有萬餘人，人山人海，又是推。

推了的結果，是嘻開嘴巴，說道：『阿唷，好白相來希呀！』

住在上海，想不遇到推與踏，是不能的，而且這推與踏也還要擴大開去。要推倒一切下等華人中的幼弱者，要踏倒一切下等華人。這時就只剩了高等華人頌祝着——

『阿唷，真好白相來希呀。爲保全文化起見，是雖然犧牲任何物質，也不應該顧惜的——這些物質有什麼重要性呢！』

六月八日。

『非所計也』

新年第一回的『申報』（一月七日）用『要電』告訴我們：『聞陳（外交總長印友仁）與芳澤友誼甚深，外交界觀察芳澤回國任日外長東省交涉可望以陳之私人感情得一較好之解決云』

中國的外交界看慣了在中國什麼都是『私人感情』，這樣的『觀察』原也無足怪的。但從這一個『觀察』中又可以『觀察』出『私人感情』在政府裏之重要。

然而同日的『申報』上，又用『要電』告訴了我們：『錦州三日失守，連山綏中繼告陷落，日陸戰隊到山海關在車站懸日旗…………』

而同日的『申報』上，又用『要聞』告訴我們『陳友仁對東省問題宣言』云：『……前日已命令張學良固守錦州積極抵抗，今後仍堅持此旨決不稍變，即不幸而挫敗，非所計也……』

然則『友誼』和『私人感情』，好像也如『國聯』以及『公理』，『正義』之類一樣的無效，『暴日』似乎不像中國，專講這些的，這真只得『不幸而挫敗，非所計也』了。

也許愛國志士，又要上京請願了罷。當然，『愛國熱忱』是『殊堪嘉許』的，但第一自然要不『

越軌，」第二還是自己想一想，和內政部長衞戍司令諸大人『友誼』怎樣，『私人感情』又怎樣。倘不『甚深，』據內政界觀察，是不但難『得一較好之解決，』而且——請恕我直言——恐怕仍舊要有人『自行失足落水淹死』的。

所以未去之前？最好是擬一宣言，結末道『卽不幸而『自行失足落水淹死，』非所計也！』然而又要覺悟這說的是眞話。

一月八日。

我們不再受騙了

帝國主義是一定要進攻蘇聯的。蘇聯愈弄得好，牠們愈急於要進攻，因爲牠們愈要趨於滅亡。

我們被帝國主義及其侍從們眞是騙得長久了。十月革命之後，牠們總是說蘇聯怎麼窮下去，怎麼兇惡，怎麼破壞文化。但現在的事實怎樣？小麥和煤油的輸出，不是使世界喫驚了麼？正面之敵的實業黨的首領，不是也只判了十年的監禁麼？列寧格勒，墨斯科的圖書館和博物館，不是都沒有破炸掉麼？文學家如綏拉菲摩維支，法捷耶夫，革拉特珂夫，綏甫林娜，唆羅訶夫等，不是西歐東亞，無不贊美他們的作品麼？關於藝術的事我不大知道，但據烏曼斯基（K. Umansky）說，一九一九年中，在墨斯科的展覽會就有二十次，列寧格勒兩次（"Neue Kunst in Russland"）則現在的旺盛，更是可想而知了。

然而謠言家是極無恥而且巧妙的，一到事實證明了他的話是撒謊時，他就躱下，另外又來一批。

新近我看見一本小冊子，是說美國的財政有復興的希望的，序上說，蘇聯的購領物品，必須排成長串，現在也無異於從前，彷彿他很爲排成長串的人們抱不平，發慈悲一樣。

這一事，我是相信的，因爲蘇聯內是正在建設的途中，外是受着帝國主義的壓迫，許多物品，當然不能充足但我們也聽到別國的失業者，排着長串向飢寒進行；中國的人民在內戰，在外侮，在水災，在榨取的大羅網之下，排着長串而進向死亡去。

然而帝國主義及其奴才們，還來對我們說蘇聯怎麼不好，好像牠倒願意蘇聯一下子就變成天堂，人們個個享福。現在竟這樣子，牠失望了，不舒服了。——這眞是惡鬼的眼淚。

一睜開眼就露出惡鬼的本相來的，——牠要去懲辦了。

牠一面去懲辦，一面來誆騙。正義，人道，公理之類的話，又要滿天飛舞了。但我們記得，歐洲大戰時候，飛舞過一回的，騙得我們的許多苦工，到前線去替牠們死，接着是在北京的中央公園裏豎了一塊無恥的，愚不可及的『公理戰勝』的牌坊（但後來又改掉了。）現在怎樣？『公理』在那里？這事還不過十六年，我們記得的。

帝國主義和我們，除了牠的奴才之外，那一樣利害不和我們正相反？我們的癰疽，是牠們的寶貝，那麼，牠們的敵人，當然是我們的朋友了。牠們自身正在崩潰下去，無法支持，爲挽救自己的末運，便憎惡蘇聯的向上。謠諑，詛咒，怨恨，無所不至，沒有效，終於只得準備動手去打了，一定要滅掉牠纔睡得着。

但我們幹什麼呢？我們還會再被騙麼？

『蘇聯是無產階級專政的，智識階級就要餓死。』——一位有名的記者曾經這樣警告我。是的，這個恐怕要使我也有些睡不着了。但無產階級專政，不是爲了將來的無階級社會麼只要你不去謀害牠，牠自然成功就早，階級的消滅也就早，那時就誰也不會『餓死』了。不消說，排長串是一時難免的，但到底會快起來」

帝國主義的奴才們要去打，自己（！）跟着牠的主人去打去就是。我們人民和牠們是利害完全相反的我們反對進攻蘇聯。我們倒要打倒進攻蘇聯的惡鬼，無論牠說着怎樣甜賦的話頭，裝着怎樣公正的面孔」

這纔也是我們自己的生路！

五月六日。

什麼是「諷刺」

我想：一個作者，用了精鍊的，或者簡直有些誇張的筆墨——但自然也必須是藝術的地——寫出或一羣人的或一面的眞實來，這被寫的一羣人，就稱這作品爲「諷刺」。

「諷刺」的生命是眞實；不必是曾有的實事，但必須是會有的實情。所以它不是「揑造」，也不是「誣衊」；既不是「揭發陰私」，又不是專記駭人聽聞的所謂「奇聞」或「怪現形。」它所寫的事情是公然的，也是常見的，平時是誰都不以爲奇的，而且自然是誰都毫不注意的。不過這事情在那時却已經是不合理，可笑，可鄙，甚而至於可惡。但這麼行下來了，習慣了，雖在大庭廣衆之間，誰也不覺得奇怪；現在給它特別一提，就動人。譬如罷，洋服青年拜佛，現在是平常事，道學先生發怒，更是平常事，只消幾分鐘，這事迹就過去，消滅了。但「諷刺」却是正在這時候照下來的一張相，一個撅着屁股，一個皺着眉心，不但自己和別人看起來有些不很雅觀，連自己看見也覺得不很雅觀；而且流傳開去，對於後日的大講科學和高談養性，也不免有些妨害。倘說所照的並非眞實，是不行的，因爲這時有目共覩，誰也會覺得確有這等事；但又不好意思承認這是眞實，失了自己的尊嚴。於是挖空心思，給起了一個名目，叫作「諷刺。」其意若曰：它偏要提出這等事，可見也不是好貨。

有意的偏要提出這等事，而且加以精煉，甚至於誇張，却倒是「諷刺」的本領。同一事件，在拉雜的非藝術的記錄中，是不成爲諷刺，誰也不大會受感動的。例如新聞記事，就記憶所及，今年就見過兩件事。其一，是一個青年，冒充了軍官，向各處招搖撞騙，後來破獲了，他就寫懺悔書，說不過藉此謀生，並無他意。其二，是一個竊賊招引學生，教授偷竊之法，家長知道，把自己的子弟禁在家裏了，他還上門來逞兇。較可注意的事件，報上是往往有些特別的批評文字的，但對於這兩件，却至今沒有說過什麼話，可見是看得很平常，以爲不足介意的了。然而這材料，假如到了斯惠夫德（J.swift）或果戈理（N.Gogol）的手裏，我看是準可以成爲出色的諷刺作品的。在或一時代的社會裏，事情越平常，就越普遍，也就愈合於作諷刺。

諷刺作者雖然大抵爲被諷刺者所憎恨，但他却常常是善意的，他的諷刺，在希望他們改善，並非要捺這一羣到水底裏。然而待到同羣中有諷刺作者出現的時候，這一羣却已是不可收拾，更非筆墨所能救了，所以這努力大抵是徒勞的，而且還適得其反，實際上不過表現了這一羣的缺點以至惡德，而對于敵對的別一羣，倒反成爲有益。我想從別一羣看來，感受是和被諷刺那一羣不同的，他們會覺得「暴露」更多於「諷刺」。

如果貌似諷刺的作品，而毫無善意，也毫無熱情，只使讀者覺得一切世事，一無足取，也一無可爲，那就並非諷刺了，這便是所謂「冷嘲。」

阿Q正傳

第一章　序

我要給阿Q做正傳，已經不止一兩年了。但一面要做，一面又往回想，這足見我不是一個「立言」的人，因為從來不朽之筆，須傳不朽之人，於是人以文傳，文以人傳——究竟誰靠誰傳，漸漸的不甚了然起來，而終於歸結到傳阿Q，彷彿思想裏有鬼似的。

然而要做這一篇速朽的文章，纔下筆，便感到萬分的困難了。第一是文章的名目。孔子曰，「名不正則言不順」。這原是應該極注意的。傳的名目很繁多：列傳，自傳，內傳，外傳，別傳，家傳，小傳……，而可惜都不合。「列傳」麼，這一篇並非和許多闊人排在「正史」裏；「自傳」麼，我又並非就是阿Q。說是「外傳」，「內傳」在那裏呢？倘用「內傳」，阿Q又決不是神仙。「別傳」呢，阿Q實在未曾有大總統上諭宣付國史館立「本傳」——雖說英國正史上並無「博徒列傳」，而文豪迭更司也做過博徒別傳這一部書，但文豪則可，在我輩卻不可的。其次是「家傳」，則我既不知與阿Q是否同宗，也未曾受他子孫的拜託；或「小傳，」則阿Q又更無別的「大傳」了。總而言之，這一篇也便是「本傳，」但從我的文章着想，因爲文體卑下，是「引車賣漿者流」所用的話，所以不敢僭稱，便從不入三教九流的小說家所謂：「閒話休題言歸正傳」這一句套話裏，取出「正傳」兩個字來，作爲名目，即使與古人所撰書法正傳的「正傳」字面上很相混，也顧不得了。

第二，立傳的通例，開首大抵該是「某，字某，某地人也，」而我並不知道阿Q姓什麼。有一回，他似乎是姓趙，但第二日便模糊了。那是趙太爺的兒子進了秀才的時候，鑼聲鏜鏜的報到村裏來，阿Q正喝了兩碗黃酒，便手舞足蹈的說，這於他也很光采，因爲他和趙老爺原來是本家，細細的排起來他還比秀才長三輩呢。其時幾個旁聽人倒也肅然的有些起敬了。那知道第二天，地保便叫阿Q到趙太爺家裏去；太爺一見，滿臉濺朱，喝道：

「阿Q，你這渾小子！你說我是你的本家麼？」

阿Q不開口。

趙太爺愈看愈生氣了，搶進幾步說：「你敢胡說！我怎麼會有你這樣的本家？你姓趙麼？」

阿Q不開口，想往後退了；趙太爺跳過去，給了他一個嘴巴

「你怎麼會姓趙——你那里配姓趙」

阿Q並沒有抗辯他確鑿姓趙，只用手摸着左頰，和地保退出去了；外面又被地保訓斥了一番，謝了地保二百文酒錢。知道的人都說阿Q太荒唐，自己去招打；他大約未必姓趙，即使真姓趙，有趙太爺在這里，也不該如此胡說。此後便再沒有人提起他的氏族來，所以我終於不知道阿Q究竟什麼姓，

第三，我又不知道阿Q的名字是怎麼寫的。他活着的時候，人都叫他阿 Quei，死了以後，便沒有一個人再叫阿Quei了，那里還會有「著之竹帛」的事。若論「著之竹帛」，這篇文章要算第一次，所以先遇着了這第一個難關。我曾經仔細想：阿Quei，阿桂還是阿貴呢？倘使他號叫月亭，或者在八月間做過生日，那一定是阿桂了。而他既沒有號——也許有號，只是沒有人知道他，——又未嘗散過生日徵文的帖子：寫作阿桂，是武斷的。又倘若他有一位老兄或令弟叫阿富，那一定是阿貴了；而他又只是一個人：寫作阿貴，也沒有佐證的。其餘音Quei的偏僻字樣，更加湊不上了。先前，我也曾問過趙太爺的兒子茂才先生，誰料博雅如此公，竟也茫然，但據結論說，是因爲陳獨秀辦了新青年提倡洋字，所以國粹淪亡，無可查考了。我的最後的手段，只有託一個同鄉去查阿Q犯事的案卷，八個月之後纔有回信，說案卷裏並無與阿Quei的聲音相近的人。我雖不知道是真沒有，還是沒有查，然而也再沒有別的方法了。生怕注音字母還未通行，只好用了「洋字」，照英國流行的拼法寫他爲阿Quei，略作阿Q。這近於盲從新青年，自己也很抱歉，但茂才公尙且不知，我還有什麼好辦法呢。

第四，是阿Q的籍貫了。倘他姓趙，則據現在好稱郡望的老例，可以照郡名百家姓上的注解，說是「隴西天水人也，」但可惜這姓是不甚可靠的，因此籍貫也就有些決不定。他雖然多住未莊，然而也常常宿在別處，不能說是未莊人，即使說是「未莊人也，」也仍然有乖史法的。

我所聊以自慰的，是還有一個「阿」字非常正確，絕無附會假借的缺點，頗可以就正於通人。至於其餘，卻都非淺學所能穿鑿，只希望有「歷史癖與考據癖」的胡適之先生的門人們，將來或者能夠尋出許多新端緒來，但是我這阿Q正傳到那時卻又怕早經消滅了。

以上可以算是序。

第二章　優勝記略

阿Q不獨是姓名籍貫有些渺茫，連他先前的「行狀」也渺茫。因為未莊的人們之於阿Q，只要他幫忙，只拿他玩笑，從來沒有留心他的「行狀」的。而阿Q自己也不說，獨有和別人口角的時候，間或瞪着眼睛道：

「我們先前——比你闊的多啦？你算是什麼東西！」

阿Q沒有家，住在未莊的土穀祠裏；也沒有固定的職業，只給人家做短工，割麥便割麥，舂米便舂米，撐船便撐船。工作略長久時，他也或住在臨時主人的家裏，但一完就走了。所以，人家忙碌的時候也還記起阿Q來，然而記起的是做工，並不是「行狀」；一閒空，連阿Q都早忘却，更不必說「行狀」了只是有一回，有一個老頭子頌揚說：「阿Q眞能做，」這時阿Q赤着膊，懶洋洋的瘦伶仃的正在他面前，別人也摸不着這話是眞心還是譏笑，然而阿Q很喜歡。

阿Q又很自尊，所有未莊的居民，全不在他眼睛裏，甚而至於對於兩位「文童」也有以爲不值一笑的神情。夫文童者，將來恐怕要變秀才者也；趙太爺錢太爺大受居民的尊敬，除有錢之外，就因爲都是文童的爹爹，而阿Q在精神上獨不表格外的崇奉，他想：我的兒子會闊得多啦！加以進了幾回城，阿Q自然更自負，然而他又很鄙薄城裏人，譬如用三尺三寸寬的木板做成的凳子，未莊叫「長凳」，他也叫「長凳」，城裏人却叫「條凳」，他想：這是錯的，可笑！油煎大頭魚，未莊都加上半寸長的葱葉，城裏却加上切細的葱絲，他想：這也是錯的，可笑！然而未莊人眞是不見世面的可笑的鄉下人呵，他們沒有見過城裏的煎魚！

阿Q「先前闊」，見識高，而且「眞能做」，本來幾乎是一個「完人」了，但可惜他體質上還有一些缺點，最惱人的是在他頭皮上，頗有幾處不知起於何時的癩瘡疤。這雖然也在他身上，而看阿Q的意思，倒也似乎以爲不足貴的，因爲他諱說「癩」以及一切近於「賴」的音，後來推而廣之，「光」也諱，「亮」也諱，再後來，連「燈」「燭」都諱了。一犯諱，不問有心與無心，阿Q便全疤通紅的發一起怒來，估量了對手，口訥的他便罵，氣力小的他便打；然而不知怎麽一回事，總還是阿Q吃虧的時候多，於是他漸漸的變換了方針，大抵改爲怒目而視了。

誰知道阿Q採用怒目主義之後，未莊的閒人們便愈喜歡玩笑他。一見面，他們便假作喫驚的說：

「噲，亮起來了。」

阿Q照例的發了怒，他怒目而視了。

「原來有保險燈在這里！」他們並不怕。

阿Q沒有法，只得另外想出報復的話來：

「你還不配……」這時候，又彷彿在他頭上的是一種高尚的光榮的癩頭瘡，並非平常的癩頭瘡了；但上文說過，阿Q是有見識的，他立刻知道和「犯忌」有點抵觸，便不再往底下說。

閒人還不完，只撩他，於是終而至於打。阿Q在形色上打敗了，被人揪住黃辮子，在壁上碰了四五個響頭，閒人這纔心滿意足的得勝的走了，阿Q站了一刻，心裏想，「我總算被兒子打了，現在的世界眞不像樣……」於是也心滿意足的得勝的走了。

阿Q想在心裏的，後來每每說出口來，所以凡有和阿Q玩笑的人們，幾乎全知道他有這一種精神上的勝利法，此後每逢揪住黃辮子的時候，人就先一着對他說

「阿Q，這不是兒子打老子，是人打畜生。自己說：人打畜生！」

阿Q兩隻手都揑住了自己的辮根，歪着頭說道：

「打蟲豸，好不好？我是蟲豸——還不放麼？」

但雖然是蟲豸，閒人也並不放，仍舊在就近什麼地方給他碰了五六個響頭，這纔心滿意足的得勝的走了，他以爲阿Q這回可遭了瘟。然而不到十秒鐘，阿Q也心滿意足的得勝的走了，他覺得他是第一個能夠自輕自賤的人，除了「自輕自賤」不算外，餘下的就是「第一個」。狀元不也是「第一個」麼？「你算是什麼東西」呢！？

阿Q以如是等等妙法尅服怨敵之後，便愉快的跑到酒店裏喝幾碗酒，又和別人調笑一通，口角一通，又得了勝，愉快的回到土穀祠，放倒頭睡着了。假使有錢，他便去押牌寶，一堆人蹲在地面上，阿Q卽汗流滿面的夾在這中間，聲音他最響：

「青龍四百！」

「咳……開……啦！」椿家揭開盒子蓋，也是汗流滿面的唱。「天門啦……角回啦！人和穿堂空在那里啦！……阿Q的銅錢拿過來！……！」

「穿堂一百——一百五十！」

阿Q的錢便在那樣的歌吟之下，漸漸的輸入別個汗流滿面的人物的腰間。他終於只好擠出堆外，站在後面看，替別人着急，一直到散場，然後戀戀的回到土穀祠，第二天，腫着眼睛去工作。

但眞所謂「塞翁失馬安知非福」罷，阿Q不幸而贏了一回，他倒幾乎失敗了。

這是未莊賽神的晚上。這晚上照例有一臺戲，戲臺左近，也照例有許多的賭攤。做戲的鑼鼓，在阿Q耳朵裏彷彿在十里之外；他只聽得樁家的歌唱了。他贏而又贏，銅錢變成角洋，角洋變成大洋，大洋變成了疊。他興高采烈得非常：

「天門兩塊！」

他不知道誰和誰爲什麼打起架來了。駡聲打聲脚步聲，昏頭昏腦的一大陣，他纔爬起來，賭攤不見了，人們也不見了，身上有幾處很似乎有些痛，似乎也挨了幾拳幾脚似的，幾個人詫異的對他看。他如有所失的走進土穀祠，定一定神，知道他的一堆洋錢不見了。趕賽會的賭攤多不是本村人，還到那裏去尋根柢呢？

很白很亮的一堆洋錢！而且是他的——現在不見了！就是算被兒子拿去了罷，總還是忽忽不樂；說自己是蟲豸罷，也還是忽忽不樂：他這回纔有些感到失敗的苦痛了。

但他立刻轉敗爲勝了。他擎起右手，用力的在自己臉上連打了兩個嘴巴，熱剌剌的有些痛；打完之後，便心平氣和起來，似乎打的是自己，被打的是別一個自己，不久也就彷彿是自己打了別個一般，——雖然還有些熱剌剌，——心滿意足的得勝的躺下了。

他睡着了。

第三章　續優勝記略

然而阿Q雖然常優勝，却直待蒙趙太爺打他嘴巴之後，這纔出了名。

他付過地保二百文酒錢，忿忿的躺下了，後來想：「現在的世界太不成話，兒子打老子……」於是忽而想到趙太爺威風，而現在是他的兒子了，便自己也漸漸的得意起來，爬起身，唱着小孤孀上墳到酒店去。這時候，他又覺得趙太爺高人一等了。

說也奇怪，從此之後，果然大家也彷彿格外尊敬他。這在阿Q，或者以為因為他是趙太爺的父親，而其實也不然。未莊通例，倘如阿七打阿八，或者李四打張三，向來本不算一件事，必須與一位名人如趙太爺者相關，這纔載上他們的口碑。一上口碑，則打的既有名，被打的也就託庇有了名。至於錯在阿Q，那自然是不必說。所以者何？就因為趙太爺是不會錯的。但他既然錯，為什麼大家又彷彿格外尊敬他呢？這可難解，穿鑿起來說，或者因為阿Q說是趙太爺的本家，雖然挨了打，大家也還怕有些真，總不如尊敬一些穩當。否則，也如孔廟裏的太牢一般，雖然與豬羊一樣，同是畜生，但既經聖人下箸，先儒們便不敢妄動了。

阿Q此後倒得意了許多年。

有一天的春天，他醉醺醺的在街上走，在牆根的日光下，看見王鬍在那裏赤着膊捉蝨子，他忽然覺得身上也癢起來了。這王鬍，又癩又鬍，別人都叫他王癩鬍，阿Q卻刪去了一個癩字，然而非常渺視他。阿Q的意思，以爲癩是不足爲奇的，只有這一部絡腮鬍子，實在太新奇，令人看不上眼。他於是並排坐下去了。倘是別的閒人們，阿Q本不敢大意坐下去。但是王鬍旁邊，他有什麼怕呢？老實說：他肯坐下去，簡直還是抬舉他。

阿Q也脫下破夾襖來，翻檢了一回，不知道因爲新洗呢還是因爲粗心，許多工夫，只捉到三四個。他看那王鬍，卻是一個又一個，兩個又三個，只放在嘴裏畢畢剝剝的響。

阿Q最初是失望，後來卻不平了：看不上眼的王鬍尚且那麼多，自己倒反那樣少，這是怎樣的大失體統的事呵！他很想尋一兩個大的，然而竟沒有，好容易纔捉到一個中的，恨恨的塞在厚嘴唇裏，很命一咬，劈的一聲，又不及王鬍響。

他癩瘡疤塊塊通紅了，將衣服摔在地上，吐一口唾沫，說：

「這毛蟲！」

「癩皮狗，你罵誰？」王鬍輕蔑的抬起眼來說。

阿Q近來雖然比較的受人尊敬，自己也更高傲些，但和那些打慣的閒人們見面還膽怯，獨有這回却非常武勇了。這樣滿臉鬍子的東西，也敢出言無狀麼？

「誰認便罵誰！」他站起來，兩手叉在腰間說。

「你的骨頭癢了麼？」王鬍也站起來，披上衣服說。

阿Q以爲他要逃了，搶進去就是一拳。這拳頭還未達到身上，已經被他抓住了，只一拉，阿Q蹌蹌踉踉的跌進去，立刻又被王鬍扭住了辮子，要拖到牆上照例去碰頭。

『「君子動口不動手！」』阿Q歪着頭說。

王鬍似乎不是君子，並不理會，一連給他碰了五下，又用力的一推，至於阿Q跌出六尺多遠，這纔滿足的去了。

在阿Q的記憶上，這大約要算生平第一件的屈辱，因爲王鬍以絡腮鬍子的缺點，向來只被他奚落，從沒有奚落他，更不必說動手了。而他現在竟動手，很意外，難道眞如市上所說，皇帝已經停了考，不要秀才和舉人了，因此趙家減了威風，因此他們也小覷了他麼？

阿Q無可適從的站着。

遠遠的走來了一個人，他的對頭又到了。這也是阿Q最厭惡的一個人，就是錢太爺的大兒子。他先前跑上城裏去進洋學堂，不知怎麼又跑到東洋去了，半年之後他回到家裏來，腿也直了，辮子也不見了，他的母親大哭了十幾場，他的老婆跳了三回井，後來，他的母親到處說，「這辮子是被壞人灌醉了酒剪去的。本來可以做大官，現在只好等留長再說了。」然而阿Q不肯信，偏稱他「假洋鬼子」，也叫作「裏通外國的人」，一見他，一定在肚兒裏暗暗的咒罵。

阿Q尤其「深惡而痛絕之」的，是他的一條假辮子。辮子而至於假，就是沒有了做人的資格；他的老婆不跳第四回井，也不是好女人。

這「假洋鬼子」近來了。

「禿兒。驢……」阿Q歷來本只在肚子裏罵，沒有出過聲，這回因爲正氣忿，因爲要報讎，便不由的輕輕的說出來了。

不料這禿兒卻拿着一支黃漆的棍子——就是阿Q所謂哭喪棒——大踏步走了過來。阿Q在這剎那，便知道大約要打了，趕緊抽緊筋骨，聳了肩膀等候着，果然拍的一聲，似乎確鑿打在自己頭上了。

「我說他！」阿Q指着近旁的一個孩子，分辯說。

拍！拍拍！

在阿Q的記憶上，這大約要算是生平第二件的屈辱。幸而拍拍的響了之後，於他倒似乎完結了一件事，反而覺得輕鬆些，而且「忘却」這一件祖傳的寶貝也發生了效力，他慢慢的走，將到酒店門口，早已有些高興了。

但對面走來了靜修菴裏的小尼姑。阿Q便在平時，看見伊也一定要唾駡，而況在屈辱之後呢？他於是發生了回憶，又發生了敵愾了。

「我不知道我今天爲什麼這樣晦氣，原來就因爲見了你！」他想。

他迎上去，大聲的吐了一口唾沫：

「咳，呸！」

小尼姑全不睬，低了頭只是走。阿Q走近伊身旁，突然伸出手去摩着伊新剃的頭皮，獃笑着，說：

「禿兒！快回去，和尚等着你……」

「你怎麼動手動脚……」尼姑滿臉通紅的說，一面趕快走。

酒店裏的人大笑了。阿Q看見自己的勳業得了賞識，便愈加興高采烈起來：

「和尚動得，我動不得？」他扭住伊的面頰。

酒店裏的人大笑了。阿Q更得意，而且爲滿足那些賞鑒家起見，再用力的一擰，纔放手。

他這一戰，早忘却了王鬍，也忘却了假洋鬼子，似乎對於今天的一切「晦氣」都報了讎；而且奇怪，又彷彿全身比拍拍的響了之後更輕鬆，飄飄然的似乎要飛去了，

「這斷子絕孫的阿Q！」遠遠地聽得小尼姑的帶哭的聲音。

「哈哈哈！」阿Q十分得意的笑。

「哈哈哈！」酒店裏的人也九分得意的笑。

第四章　戀愛的悲劇

有人說：有些勝利者，願意敵手如虎，如鷹，他纔感得勝利的歡喜；假使如羊，如小鷄，他便反覺得勝利的無聊。又有些勝利者，當克服一切之後，看見死的死了，降的降了，「臣誠惶誠恐死罪死罪，」他於是沒有了敵人，沒有了對手，沒有了朋友，只有自己在上，一個，孤另另，淒涼，寂寞，便反而感到了勝利的悲哀。然而他們的阿Q却沒有這樣乏，他是永遠得意的：這或者也是中國精神文明冠於全球的一個證據了。

看哪，他飄飄然的似乎要飛去了！

然而這一次的勝利，却又使他有些異樣。他飄飄然的飛了大半天，飄進土穀祠，照例應該躺下便

打鼾，誰知道這一晚他很不容易合眼，他覺得自己的大拇指和第二指有點古怪，彷彿比平常滑膩些不知道是小尼姑的臉上有一點滑膩的東西粘在他指上，還是他的指頭在小尼姑臉上磨得滑膩了……？

「斷子絕孫的阿Q！」

阿Q的耳朵裏又聽到這句話。他想不錯，應該有一個女人，斷子絕孫便沒有人供一碗飯，……應該有一個女人。夫「不孝有三無後爲大，」而「若敖之鬼餒而，」也是一件人生的大哀，所以他那思想，其實是樣樣合於聖經賢傳的，只可惜後來有些「不能收其放心」了。

「女人，女人！……」他想。

「……和尚動得……女人，女人！……女人！」他又想。

我們不能知道這晚上阿Q在什麼時候纔打鼾。但大約他從此總覺得指頭有些滑膩，所以他從此總有些飄飄然；「女……」他想。

即此一端，我們便可知道女人是害人的東西。

中國的男人本來大半都可以做聖賢，可惜全被女人毀掉了。商是妲己鬧亡的；周是褒姒弄壞的；秦……雖然史無明文，我們也假定他因爲女人，大約未必十分錯；而董卓可是的確給貂蟬害死了。

阿Q本來也是正人，我們雖然不知道他曾蒙什麼明師指授過，但他對於「男女之大防」卻歷來非常嚴；也很有排斥異端——如小尼姑及假洋鬼子之類——的正氣。他的學說是：凡尼姑，一定與和尚私通；一個女人在外面走，一定想引誘野男人；一男一女在那里講話，一定要有勾當了。爲懲治他們起見，所以他往往怒目而視，或者大聲說幾句「誅心」話，或者在冷僻處，便從後面擲一塊小石頭。

誰知道他將到「而立」之年，竟被小尼姑害得飄飄然了。這飄飄然的精神，在禮教上是不應該有的，——所以女人眞可惡，假使小尼姑的臉上不滑膩，阿Q便不至於被蠱，又假使小尼姑的臉上蓋一層布，阿Q便也不至於被蠱了，——他五六年前，曾在戲臺下的人叢中擰過一個女人的大腿，但因爲隔一層褲，所以此後並不飄飄然，——而小尼姑並不然，這也足見異端之可惡。

「女……」阿Q想。

他對於以爲「一定想引誘野男人」的女人，時常留心看，然而伊並不對他笑。他對於和他講話的女人，也時常留心聽，然而伊又並不提起關於什麼勾當的話來。哦，這也是女人可惡之一節：伊們全都要裝「假正經」的。

這一天，阿Q在趙太爺家裏舂了一天米，喫過晚飯，便坐在廚房裏吸旱烟。倘在別家，喫過晚飯本可以回去的了，但趙府上晚飯早，雖說定例不准掌燈，一喫完便睡覺，然而偶然也有一些例外：其一，是趙太爺未進秀才的時候，准其點燈讀文章；其二，便是阿Q來做短工的時候，准其點燈舂米。因爲這一條例外，所以阿Q在動手舂米之前，還坐在廚房裏吸旱烟。

吳媽，是趙太爺家裏唯一的女僕，洗完了碗碟，也就在長凳上坐下了，而且和阿Q談閒天：

「太太兩天沒有吃飯哩，因爲老爺要買一個小的……」

「女人……吳媽……這小孤孀……」阿Q想。

「我們的少奶奶是八月裏要生孩子了……」

「女人……」阿Q想。

阿Q放下烟管，站了起來。

「我們的少奶奶……」吳媽還嘮叨說。

「我和你睏覺，我和你睏覺！」阿Q忽然搶上去，對伊跪下了。

一刹時中很寂然。

「阿呀！」吳媽楞了一息，突然發抖，大叫着往外跑，且跑且嚷，似乎後來徵哭了。

阿Q對了牆壁跪着也發楞，於是兩手扶着空板凳，慢慢的站起來，彷彿覺得有些糟。他這時確也忐忑了，慌張的將烟管插在褲帶上，就想去舂米。蓬的一聲，頭上着了很粗的一下，他急忙回轉身去，那秀才便拿了一枝大竹槓站在他面前。

「你反了，……你這……」

大竹槓又向他劈下來了。阿Q兩手去抱頭，拍的正打在指節上，這可很有一些痛。他衝出廚房門，彷彿背上又着了一下似的。

「忘八蛋！」秀才在後面用了官話這樣罵。

阿Q奔入舂米場，一個人站着，還覺得指頭痛，還記得「忘八蛋」，因爲這話是未莊的鄉下人從來不用，專是見過官府的闊人用的，所以格外怕，而印象也格外深。但這時，他那「女……」的思想卻也沒有了。而且打罵之後，似乎一件事也已經收束，倒反覺得一無掛礙似的，便動手去舂米。舂了一會，他熱起來了，又歇了手脫衣服。

脫下衣服的時候，他聽得外面很熱鬧。阿Q生平本來最愛看熱鬧，便即尋聲走出去了。尋聲漸漸的尋到趙太爺的內院裏，雖然在昏黃中，卻辨得出許多人，趙府一家連兩日不吃飯的太太也在內，還有間壁的鄒七嫂，眞正本家的趙白眼，趙司晨。

少奶奶正拖着吳媽走出下房來，一面說：

「你到外面來，……不要躲在自己房裏想……」

「誰不知道你正經，……短見是萬萬尋不得的。」鄒七嫂也從旁說。

吳媽只是哭，夾些話，却不甚聽得分明。

阿Q想「哼，有趣，這小孤孀不知道鬧着什麼玩意兒了？」他想打聽，走近趙司晨的身邊。這時他猛然間看見趙大爺向他奔來，而且手裏捏着一支大竹槓。他看見這一支大竹槓，便猛然間悟到自己曾經被打，和這一場熱鬧似乎有點相關。他翻身便走，想逃回舂米場，不圖這支竹槓阻了他的去路，於是他又翻身便走，自然而然的走出後門，不多工夫，已在土穀祠內了。

阿Q坐了一會，皮膚有些起粟，他覺得冷了，因為雖在春季，而夜間頗有餘寒，尚不宜於赤膊。他也記得布衫留在趙家，但倘若去取，又深怕秀才的竹槓。然而地保進來了。

「阿Q，你的媽媽的！你連趙家的用人都調戲起來，簡直是造反。害得我晚上沒有覺睡，你的媽媽的！……」

如是云云的教訓了一通，阿Q自然沒有話。臨末，因為在晚上，應該送地保加倍酒錢四百文，阿Q正沒有現錢，便用一頂氈帽做抵押，並且訂定了五條件：

一　明天用紅燭——要一斤重的——一對，香一封，到趙府上去賠罪。

二　趙府上請道士祓除縊鬼，費用由阿Q負擔。

三　阿Q從此不准踏進趙府的門檻。

四　吳媽此後倘有不測，惟阿Q是問。

五　阿Q不准再去索取工錢和布衫。

阿Q自然都答應了，可惜沒有錢。幸而已經春天，棉被可以無用，便質了二千大錢，履行條約」。赤膊磕頭之後，居然還剩幾文，他也不再贖氈帽，統統喝了酒了。但趙家也不燒香點燭，因為太太拜佛的時候可以用，留着了。那破布衫是大半做了少奶奶八月間生下來的孩子的襯尿布，那小半破爛的便都做了吳媽的鞋底。

第五章　生計問題

阿Q禮畢之後，仍舊回到土穀祠，太陽下去了，漸漸覺得世上有些古怪。他仔細一想，終於省悟過來：其原因蓋在自己的赤膊。他記得破夾襖還在，便披在身上，躺倒了，待張開眼睛，原來太陽又已經照在西牆上頭了。他坐起身一面說道，「媽媽的……」

他起來之後，也仍舊在街上逛，雖然不比赤膊之有切膚之痛，却又漸漸的覺得世上有些古怪了。彷彿從這一天起，未莊的女人們忽然都怕了羞，伊們一見阿Q走來，便個個躲進門裏去。甚而至於將近五十歲的鄒七嫂，也跟着別人亂鑽，而且將十一歲的女兒都叫進去了。阿Q很以為奇，而且想：「這些東西忽然都學起小姐模樣來了。這娼婦們……」

但他更覺得世上有些古怪，却是許多日以後的事。其一，酒店不肯賒欠了；其二，管土穀祠的老頭子說些廢話，似乎叫他走；其三，他雖然記不清多少日，但確乎有許多日，沒有一個人來叫他做短工。酒店不賒，熬着也罷了；老頭子催他走，嚕囌一通也就算了；只是沒有人來叫他做短工，却使阿Q肚子餓：這委實是一件非常「媽媽的」的事情。

阿Q忍不下去了，他只好到老主顧的家裏去探問，——但獨不許踏進趙府的門檻，——然而情形也異樣：一定走出一個男人來，現了十分煩厭的相貌，像回覆乞丐一般的搖手道：

「沒有沒有！你出去！」

阿Q愈覺得希奇了。他想，這些人家向來少不了要幫忙，不至於現在忽然都無事，這總該有些蹊蹺在裏面了。他留心打聽，纔知道他們有事都去叫小Don。這小D，是一個窮小子，又瘦又乏，在阿Q的眼睛裏，位置是在王鬍之下的，誰料這小子竟謀了他的飯碗去。所以阿Q這一氣，更與平常不同；當氣憤憤的走着的時候，忽然將手一揚，唱道：

「我手執鋼鞭將你打！……」

幾天之後，他竟在錢府的照壁前遇見了小D。「讎人相見分外眼明，」阿Q便迎上去，小D也站住了。

「畜生！」阿Q怒目而視的說，嘴角上飛出唾沫來。

「我是蟲豸，好麼？……」小D說。

這謙遜反使阿Q更加憤怒起來，但他手裏沒有鋼鞭，於是只得撲上去，伸手去拔小D的辮子。小D一手護住了自己的辮根，一手也來拔阿Q辮子，阿Q便也將空着的一隻手護住自己的辮根。從先前的阿Q看來，小D本來是不足齒數的，但他近來挨了餓，又瘦又乏已經不下於小D，所以便成了勢均力敵的現象，四隻手拔着兩顆頭，都彎了腰，在錢家粉牆上映出一個藍色的虹形，至於半點鐘之久了。

「好了，好了！」看的人們說，大約是解勸的。

「好，好！」看的人們說，不知道是解勸，是頌揚，還是煽動。

然而他們都不聽。阿Q進三步，小D便退三步，都站着；小D進三步，阿Q便退三步，又都站着。大約半點鐘，——未莊少有自鳴鐘，所以很難說，或者二十分，——他們的頭髮裏便都冒烟，額上便都流汗，阿Q的手放鬆了，在同一瞬間，小D的手也正放鬆了，同時直起，同時退開，都擠出人叢去。

「記着罷，媽媽的……」阿Q回過頭去說。

「媽媽的，記着能……」小D也回過頭來說，

這一場「龍虎鬪」似乎並無勝敗，也不知道看的人可滿足，都沒有發什麼議論，而阿Q却仍然沒有人來叫他做短工。

有一日很溫和，微風拂拂的頗有些夏意了，阿Q却覺得寒冷起來，但這還可擔當，第一倒是肚子餓。棉被，氈帽，布衫早已沒有了，其次就賣了棉襖；現在有褲子，却萬不可脫的；有破夾襖，又除了送人做鞋底之外，決定賣不出錢。他早想在路上拾得一注錢，但至今還沒有見；他想在自己破屋裏忽然尋到一注錢，慌張的四顧，但屋內是空虛而且了然。於是他決計出門求食去了。

他在路上走着要「求食」，看見熟識的酒店，看見熟識的饅頭，但他都走過了，不但沒有暫停，而且並不想要。他所求的不是這類東西了；他求的是什麼東西，他自己不知道。

未莊本不是大村鎮，不多時便走盡了。村外多是水田，滿眼是新秧的嫩綠，夾着幾個圓形的活動的黑點，便是耕田的農夫。阿Q並不賞鑑這田家樂，却只是走，因爲他直覺的知道這與他的「求食」之道是很遼遠的。但他終於走到靜修庵的牆外了。

庵周圍也是水田，粉牆突出在新綠裏，後面的低土牆裏是菜園。阿Q遲疑了一會，四面一看，並沒有人。他便爬上這矮牆去，扯着何首烏藤，但泥土仍然簌簌的掉，阿Q的脚也索索的抖；終於攀着桑樹

枝，跳到裏面了。裏面眞是鬱鬱葱葱，但似乎並沒有黃酒饅頭，以及此外可喫的之類。靠西牆是竹叢，下面許多筍，只可惜都是並未煮熟的，還有油菜早經結子，芥菜已將開花，小白菜也很老了。

阿Q彷彿文童落第似的覺得很冤屈，他慢慢走近園門去，忽而非常驚喜了，這分明是一畦老蘿蔔。他於是蹲下便拔，而門口突然伸出一個很圓的頭來，又即縮回去了，這分明是小尼姑。小尼姑之流是阿Q本來視若草芥的，但世事須「退一步想」，所以他便趕緊拔起四個蘿蔔，擰下青葉，兜在大襟裏。然而老尼姑已經出來了。

「阿彌陀佛，阿Q，你怎麼跳進園裏來偷蘿蔔！……阿呀，罪過呵，阿唷，阿彌陀佛！……」

「我什麼時候跳進你的園裏來偷蘿蔔？」阿Q且看且走的說。

「現在……這不是？」老尼姑指着他的衣兜。

「這是你的？你能叫得他答應你麼？你……」

阿Q沒有說完話，拔步便跑；追來的是一匹很肥大的黑狗。這本來在前門的，不知怎的到後園來了。黑狗哼而且追，已經要咬着阿Q的腿，幸而從衣兜裏落下一個蘿蔔來，那狗給一嚇，略略一停，阿Q已經爬上桑樹，跨到土牆，連人和蘿蔔都滾出牆外面了。只剩着黑狗還在對着桑樹嗥，老尼姑念着佛。

阿Q怕尼姑又放出黑狗來，拾起蘿蔔便走，沿路又檢了幾塊小石頭，但黑狗卻並不再出現。阿Q

於是拋了石塊，一面走一面喫，而且想道，這里也沒有什麼東西尋，不如進城去……

待三個蘿蔔喫完時，他已經打定了進城的主意了。

第六章　從中興到末路

在未莊再看見阿Q出現的時候，是剛過了這年的中秋。人們都驚異，說是阿Q回來了，於是又回上去想道，他先前那里去了呢？阿Q前幾回的上城，大抵早就興高采烈的對人說，但這一次卻並不，所以也沒有一個人留心到。他或者也曾告訴過管土穀祠的老頭子，然而未莊老例，只有趙太爺錢太爺和秀才大爺上城纔算一件事。假洋鬼子尚且不足數，何況是阿Q；因此老頭子也不替他宣傳，而未莊的社會上就無從知道了。

但阿Q這回的回來，卻與先前大不同，確乎很值得驚異。天色將黑，他睡眼矇矓的在酒店門前出現了，他走近櫃臺，從腰間伸出手來，滿把是銀的和銅的，在櫃上一扔說，「現錢！打酒來！」穿的是新夾襖，看去腰間還掛着一個大搭連，沉鈿鈿的將褲帶墜成了很彎很彎的弧線。未莊老例，看見略有些醒目的人物，是與其慢也甯敬的，現在雖然明知道是阿Q，但因爲和破夾襖的阿Q有些兩樣了，古人云，「士別三日便當刮目相待，」所以堂倌，掌櫃，酒客，路人，便自然顯出一種疑而且敬的形態來。掌櫃既先之以點頭，又繼之以談話：

「噯，阿Q，你回來了！」

「回來了。」

「發財發財，你是——在……」

「上城去了！」

這一件新聞第二天便傳遍了全未莊。人人都願意知道現錢和新夾襖的阿Q的中興史，所以在酒店裏，茶館裏，廟簷下，便漸漸的探聽出來了。這結果，是阿Q得了新敬畏。

據阿Q說，他是在舉人老爺家裏幫忙。這一節，聽的人都肅然了。這老爺本姓白，但因爲合城裏只有他一個舉人，所以不必再冠姓，說起舉人來就是他。這也不獨在未莊是如此，便是一百里方圓之內也都如此，人們幾乎多以爲他的姓名就叫舉人老爺的了。在這人的府上幫忙，那當然可敬的。但據阿Q又說，他却不高興再幫忙了，因爲這舉人老爺實在太「媽媽的」了。這一節，聽的人都歎息而且快意，因爲阿Q本不配在舉人老爺家裏幫忙，而不幫忙是可惜的。

據阿Q說，他的回來，似乎也由於不滿意城裏人，這就在他們將長凳稱爲條凳，而且煎魚用葱絲，加以最近觀察所得的缺點，是女人的走路也扭得不很好。然而也偶有大可佩服的地方，即如未莊的鄉下人不過打三十二張的竹牌，只有假洋鬼子能夠叉「麻醬」，城裏却連小烏龜子都叉得精熟的。

什麼假洋鬼子，只要放在城裏的十幾歲的小烏龜子的手裏，也就立刻是「小鬼見閻王」這一節，聽的人都赧然了。

「你們可看見過殺頭麼？」阿Q說，「咳，好看。殺革命黨。唉，好看好看，……」他搖搖頭，將唾沫飛在正對面的趙司農的臉上。這一節，聽的人都凜然了。但阿Q又四面一看，忽然揚起右手，照着伸長頸子聽得出神的王鬍的後項窩上直劈下去道：

「嚓！」

王鬍驚得一跳，同時電光石火似的趕快縮了頭，而聽的人又都悚然而且欣然了。從此王鬍瘟頭瘟腦的許多日，並且再不敢走近阿Q的身邊；別的人也一樣。

阿Q這時在未莊人眼睛裏的地位，雖不敢說超過趙太爺，但謂之差不多，大約也就沒有什麼語病的了。

然而不多久，這阿Q的大名忽又傳遍了未莊的閨中。雖然未莊只有錢趙兩姓是大屋，此外十之九都是淺閨，但閨中究竟是閨中，所以也算得一件神異。女人們見面時一定說，鄒七嫂在阿Q那裏買了一條藍綢裙，舊固然是舊的，但只化了九角錢。還有趙白眼的母親，——一說是趙司農的母親，待考，——也買了一件孩子穿的大紅洋紗衫，七成新，只用三百大錢九二串。於是伊們都眼巴巴的想見阿

Q缺綢裙的想問他買綢裙，要洋紗衫的想問他買洋紗衫，不但見了不逃避，有時阿Q已經走過了，也還要追上去叫住他，問道：

「阿Q，你還有綢裙麽？沒有？紗衫也要的，有罷？」

後來這終於從淺閨傳進深閨裏去了。因爲鄒七嫂得意之餘，將伊的綢裙請趙太太去鑑賞，趙太太又告訴了趙太爺而且着實恭維了一番。趙太爺便在晚飯桌上，和秀才大爺討論，以爲阿Q實在有些古怪，我們門窗應該小心些；但他的東西，不知道可還有什麽可買，也許有點好東西罷。加以趙太太也想買一件價廉物美的皮背心。於是家族決議，便託鄒七嫂卽刻去尋阿Q，而且爲此新闢了第三種的例外：這晚上也姑且特准點油燈。

油燈乾了不少了，阿Q還不到。趙府的全眷都很焦急，打着呵欠，或恨阿Q太飄忽，或怨鄒七嫂不上緊。趙太太還怕他因爲春天的條件不敢來，而趙太爺以爲不足慮：因爲這是「我」去叫他的。果然，到底趙太爺有見識，阿Q終於跟着鄒七嫂進來了。

「他只說沒有沒有，我說你自己當面說去，他還要說，我說……」鄒七嫂氣喘吁吁的走着說。

「太爺！」阿Q似笑非笑的叫了一聲，在簷下站住了。

「阿Q，聽說你在外面發財，」趙太爺踱開去，眼睛打量着他的全身，一面說。「那很好，那很好的。

這個，　聽說你有些舊東西，……可以都拿來看一看，……這也並不是別的，因爲我倒要……」

「我對鄒七嫂說過了。都完了。」

「完了？」趙太爺不覺失聲的說：「那裏會完得這樣快呢？」

「那是朋友的，本來不多。他們買了些，……」

「總該還有一點罷。」

「現在，只剩了一張門幕了。」

「就拿門幕來看看罷。」趙太太慌忙說。

「那麼，明天拿來就是，」趙太爺卻不甚熱心了。「阿Q你以後有什麼東西的時候，你儘先送來給我們看，……」

「價錢決不會比別家出得少！」秀才說。秀才娘子忙一瞥阿Q的臉，看他感動了沒有。

「我要一件皮背心。」趙太太說。

阿Q雖然答應着，卻懶洋洋的出去了，也不知道他是否放在心上。這使趙太爺很失望，氣憤而且擔心，至於停止了打呵欠。秀才對於阿Q的態度也很不平，於是說，這忘八蛋要提防，或者竟不如吩咐地保，不許他住在未莊。但趙太爺以爲不然，說這也怕要結怨，況且做這路生意的大概是「老鷹不喫窩下食」本村倒不必擔心的，只要自己夜裏警醒點就是了。秀才聽了這「庭訓，」非常之以爲然，便即刻撤消了驅逐阿Q的提議，而且叮囑鄒七嫂，請伊萬不要向人提起這一段話。

但第二日，鄒七嫂便將那藍裙去染了皂，又將阿Q可疑之點傳揚出去了，可是確沒有提起秀才要驅逐他這一節。然而這已經於阿Q很不利。最先，地保尋上門了，取下他的門幕去，阿Q說是趙太太要看的，而地保也不還，並且要議定每月的孝敬錢。其次，是村人對於他的敬畏忽而變相了，雖然還不敢來放肆，却很有遠避的神情，而這神情和先前的防他來「嚓」的時候又不同，頗混着「敬而遠之」的分子了。

只有一班閒人們却還要尋根究底的去探阿Q的底細。阿Q也並不諱飾，傲然的說出他的經驗來。從此他們纔知道，他不過是一個小脚色，不但不能上牆，並且不能進洞，只站在洞外接東西。有一夜，他剛才接到一個包，正手再進去，不一會，只聽得裏面大嚷起來，他便趕緊跑，連夜爬出城，逃回未莊來了，從此不敢再去做。然而這故事却於阿Q更不利，村人對於阿Q的「敬而遠之」者，本因爲怕結怨，誰料他不過是一個不敢再偷的偷兒呢？這實在是「斯亦不足畏也矣」。

第七章　革命

宣統三年九月十四日——即阿Q將搭連賣給趙白眼的這一天——三更四點，有一隻大烏篷船到了趙府上的河埠頭。這船從黑魆魆中蕩來，鄉下人睡得熟，都沒有知道；出去時將近黎明，卻很有幾個看見的了。據探頭探腦的調查來的結果，知道那竟是舉人老爺的船！

那船便將大不安載給了未莊，不到正午，全村的人心就很搖動。船的使命，趙家本來是很秘密的，但茶坊酒肆裏卻都說，革命黨要進城，舉人老爺到我們鄉下來逃難了。惟有鄒七嫂不以為然，說那不過是幾口破皮箱，舉人老爺想來寄存的，卻已被趙太爺回覆轉去。其實舉人老爺和趙秀才素不相能，在理本不能有「共患難」的情誼，況且鄒七嫂又和趙家是鄰居，見聞較為切近，所以大概該是伊對的。

然而謠言很旺盛，說舉人老爺雖然似乎沒有親到，卻有一封長信，和趙家排了「轉折親。」趙太爺肚裏一輪，覺得於他總不會有壞處，便將箱子留下了，現就塞在太太的牀底下。至於革命黨，有的說是便在這一夜進了城，個個白盔白甲：穿着崇正皇帝的素。

阿Q的耳朵裏，本來早聽到過革命黨這一句話，今年又親眼見過殺掉革命黨。但他有一種不知從那裏來的意見，以為革命黨便是造反，造反便是與他為難，所以一嚮是「深惡而痛絕之」的。殊不料這卻使百里聞名的舉人老爺有這樣怕，於是他未免也有些「神往」了，況且未莊的一羣鳥男女的慌張的神情，也使阿Q更快意。

「革命也好罷，」阿Q想，「革這夥媽媽的的命，太可惡！太可恨！……便是我，也要投降革命黨了。」

阿Q近來用度窘，大約略略有些不平；加以午間喝了兩碗空肚酒，愈加醉得快，一面想一面走，便又飄飄然起來。不知怎樣，一來忽而似乎革命黨便是自己，未莊人卻都是他的俘虜了，他得意之餘，禁不住大聲是嚷道：

「造反了！造反了！」

未莊人都用了驚懼的眼光對他看。這一種可憐的眼光，是阿Q從來沒有見過的，一見之下，又使他舒服得如六月裏喝了雪水。他更加高興的走而且喊道：

「好，……我要什麼就要什麼，我歡喜誰就是誰。

得得，鏘鏘！

悔不該，酒醉了錯斬了鄭賢弟，

悔不該，呀呀呀……

得得，鏘鏘，得，鏘令鏘！

我手執鋼鞭將你打，……」

趙府上的兩位男人和兩個眞本家，也正站在大門口論革命。阿Q沒有見，昂了頭直唱過去。

「得得，……」

「老Q，」趙太爺怯怯的迎着低聲的叫。

「鏘鏘，」阿Q料不到他的名字會和「老」字聯結起來，以爲是一句別的話，與己無干，只是唱。「得，鏘，鏘令鏘，鏘！」

「老Q。」

「悔不該……」

「阿Q！」秀才只得直呼其名了。

阿Q這纔站住，歪着頭問道，「什麼？」

「老Q，……現在……」趙太爺却又沒有話，「現在……發財麼？」

「發財？自然。要什麼就是什麼……」

「阿……Q哥，像我們這樣窮朋友是不要緊的……」趙白眼惴惴的說，似乎想探革命黨的口風。

「窮朋友？你總比我有錢。」阿Q說着自去了。

大家都憮然沒有話，趙太爺父子回家，晚上商量到點燈。趙白眼回家，便從腰間扯下搭連來，交給他女人藏在箱底裏。

阿Q飄飄然的飛了一通，回到土穀祠，酒已經醒透了。這晚上，管祠的老頭子也意外的和氣，請他喝茶；阿Q便向他要了兩個餅，吃完之後，又要了一支點過的四兩燭和一個樹燭臺，點起來，獨自躺在自己的小屋裏。他說不出的新鮮而且高興，燭火像元夜似的閃閃的跳，他的思想也迸跳起來了：——

「造反？有趣，……來了一陣白盔白甲的革命黨，都拿着板刀，鋼鞭，炸彈，洋炮，三尖兩刃刀，鈎鐮鎗，走過土穀祠，叫道：『阿Q！同去同去！』於是一同去。……

這時未莊的一夥鳥男女纔好笑哩，跪下叫道，『阿Q，饒命！』誰聽他！第一個該死的是小D和趙太爺，還有秀才，還有假洋鬼子，……留幾條麼？王鬍本來還可留，但也不要了。……

東西，……直走進去打開箱子來：元寶，洋錢，洋紗衫，……秀才娘子的一張寧式牀先搬到土穀祠，此外便擺了錢家的桌椅，——或者也就用趙家的罷。自己是不動手的了，叫小D來搬，要搬得快，搬得不快打嘴巴。……

趙司晨的妹子眞醜。鄒七嫂的女兒過幾年再說。假洋鬼子的老婆會和沒有辮子的男人睡覺，嚇，不是好東西！秀才的老婆是眼胞上有疤的。……吳媽長久不見了，不知道在那里，——可惜脚太大。」

阿Q沒有想得十分停當已經發了鼾聲，四兩燭還只點去了小半寸，紅焰焰的光照着他張開的嘴。

「荷荷！」阿Q忽而大叫起來，擡了頭倉皇的四顧，待到看見四兩燭，却又倒頭睡去了。

第二天他起得很遲，走出街上看時，樣樣都照舊。他也仍然肚餓，他想着，想不起什麼來；但他忽而似乎有了主意了，慢慢的跨開步有意無意的走到靜修菴。

菴和春天時節一樣靜，白的牆壁和漆黑的門。他想了一想，前去打門，一隻狗在裏面叫。他急急拾了幾塊斷磚再上去較爲用力的打，打到黑門上生出許多麻點的時候，纔聽得有人來開門。

阿Q連忙捏好磚頭，擺開馬步，準備和黑狗來開戰。但菴門只開了一條縫，並無黑狗從中衝出，望進去只有一個老尼姑。

「你又來什麼事？」伊大吃一驚的說。

「革命了……你知道？……」阿Q說得很含糊。

「革命革命，革過一革的，……你們要革得我們怎麼樣呢？」老尼姑兩眼通紅的說。

「什麼？……」阿Q詫異了。

「你不知道，他們已經來革過了！」

「誰……」阿Q更其詫異了。

「那秀才和洋鬼子！」

阿Q很出意外，不由的一錯愕，老尼姑見他失了銳氣，便飛速的關了門，阿Q再推時，牢不可開，再打時，沒有回答了。

那還是上午的事。趙秀才消息靈，一知道革命黨已在夜間進城，便將辮子盤在頂上，一早去拜訪那歷來也不相能的錢洋鬼子。這是「咸與維新」的時候了，所以他們便談得很投機，立刻成了情投意合的同志，也相約去革命。他們想而又想，纔想出靜修菴裏有一塊「皇帝萬歲萬萬歲」的龍牌，是應該趕緊革掉的，於是又立刻同到菴裏去革命。因爲老尼姑來阻擋，說了三句話，他們便將伊當作滿政府，在頭上很給了不少的棍子和栗鑿。尼姑待他們走後，定了神來檢點，龍牌固然已經碎在地上了，而且又不見了觀音娘娘座前的一個宣德爐。

這事阿Q後來纔知道。他頗悔自己睡着，但也深怪他們不來招呼他。他又退一步想道：

「難道他們還沒有知道我已經投降了革命黨麼？」

第八章　不准革命

未莊的人心日見其安靜了。據傳來的消息，知道革命黨雖然進了城，倒還沒有什麼大異樣。知縣大老爺還是原官，不過改稱了什麼，而且舉人老爺也做了什麼——這些名目未莊人都說不明白！——官，帶兵的也還是先前的老把總。只有一件可怕的事是另有幾個不好的革命黨夾在裏面搗亂，第二天便動手剪辮子，聽說那鄰村的航船七斤便着了道兒，弄得不像人樣子了。但這却還不算大恐怖，因爲未莊人本來少上城，即使偶有想進城的，也就立刻變了計，碰不着這危險。阿Q本也想進城去尋他的老朋友，一得這消息，也只得作罷了。

但未莊也不能說是無改革。幾天之後，將辮子盤在頂上的逐漸增加起來了，早經說過，最先自然是茂才公，其次便是趙司晨和趙白眼，後來是阿Q。倘在夏天，大家將辮子盤在頭頂上或者打一個結，本不算什麼稀奇事，但現在是暮秋，所以這「秋行夏令」的情形，在盤辮家不能不說是萬分的英斷，而在未莊也不能說無關於改革了。

趙司晨腦後空蕩蕩的走來，看見的人大嚷說：

「嚄，革命黨來了！」

阿Q聽到了很羨慕。他雖然早知道秀才盤辮的大新聞，但總沒有想到自己可以照樣做，現在看見趙司晨也如此，纔有了學樣的意思，定下實行的決心。他用一支竹筷將辮子盤在頭頂上，遲疑多時，這纔放膽的走去。

他在街上走，人也看他，然而不說什麼話，阿Q當初很不快，後來便很不平。他近來很容易鬧脾氣了；其實他的生活，倒也並不比造反之前反艱難，人見他也客氣，店鋪也不說要現錢。而阿Q總覺得自己太失意；既然革了命，不應該只是這樣的。況且有一回看見小D，愈使他氣破肚皮了。

小D也將辮子盤在頭頂上了，而且也居然用一支竹筷。阿Q萬料不到他也敢這樣做，自己也決不准他這樣做！小D是甚麼東西呢？他很想即刻揪住他，拗斷他的竹筷，放下他的辮子，並且批他幾個嘴巴，聊且懲罰他忘了生辰八字，他敢來做革命黨的罪。但他終於饒放了，單是怒目而視的吐一口唾沫道，「呸！」

這幾日裏，進城去的只有一個假洋鬼子。趙秀才本也想靠着寄存箱子的淵源，親身去拜訪舉人老爺的，但因爲有剪辮的危險，所以也就中止了。他寫了一封「黃傘格」的信，託假洋鬼子帶上城，而且託他給自己紹介紹介，去進自由黨。假洋鬼子回來時，向秀才討還了四塊洋錢，秀才便有一塊銀桃子掛在大襟上了；未莊人都驚服，說這是柿油黨的頂子，抵得一個翰林；趙太爺因此也驟然大闊，遠過於他兒子初雋秀才的時候，所以目空一切，見了阿Q，也就很有些不放在眼裏了。

阿Q正在不平，又時時刻刻感着冷落，一聽得這銀桃子的傳說，他立即悟出自己之所以冷落的原因了：要革命，單說投降，是不行的；盤上辮子，也不行的；第一着仍然要和革命黨去結識。他生平所知道的革命黨只有兩個，城裏的一個早已「嚓」的殺掉了，現在只剩了一個假洋鬼子。他除卻趕緊去和假洋鬼子商量之外，再沒有別的道路了。

錢府的大門正開着，阿Q便怯怯的躄進去。他一到裏面，很喫了驚，只見假洋鬼子正站在院子的中央，一身烏黑的大約是洋衣，身上也掛着一塊銀桃子，手裏是阿Q曾經領教過的棍子，已經留到一尺多長的辮子都拆開了披在肩背上，蓬頭散髮的像一個劉海仙。對面挺直的站着趙白眼和三個閒人，正在必恭必敬的聽說話。

阿Q輕輕的走進了，站在趙白眼的背後，心裏想招呼，却不知道怎樣說纔好：叫他假洋鬼子固然是不行的了，洋人也不妥，革命黨也不妥，或者就應該叫洋先生了罷，

洋先生却沒有見他，因爲白着眼睛講得正起勁：

「我是性急的，所以我們見面，我總是說：洪哥！我們動手罷！他却總說道 No！——這是洋話，你們不懂的。否則早已成功了。然而這正是他做事小心的地方。他再三再四的請我上湖北，我還沒有肯。誰願意在這小縣城裏做事情。……」

「唔，……這個……」阿Q候他略停，終於用十二分的勇氣開口了，但不知道因爲什麼，又並不叫他洋先生。

聽着說話的四個人都吃驚的回顧他洋先生也纔看見

「什麼？」

「我……」

「出去！」

「我要投……」

「滾出去！」洋先生揚起哭喪棒來了。

趙白眼和閒人便都吆喝道，「先生叫你滾出去，你還不聽麼！」

阿Q將手向頭上一遮，不自覺的逃出門外；洋先生倒也沒有追。也快跑了六十多步，這纔慢慢的走，於是心裏便湧起了憂愁洋先生不准他革命，他再沒有別的路；從此決不能望有白盔白甲的人來叫他，他所有的抱負，志向，希望；前程全被一筆勾銷了。至於閒人們傳揚開去，給小D王鬍等輩笑話，倒是還在其次的事。

也似乎從來沒有經驗過這樣的無聊。他對於自己的盤辮子彷彿也覺得無意味，要侮蔑；為報讎起見，很想立刻放下辮子來，但也沒有竟放。他遊到夜間，賒了兩碗酒喝下肚去漸漸的高興起來了，思想裏纔又出現白盔白甲的碎片。

有一天他照例的混到夜深，待酒店要關門，纔踱回土穀祠去。

拍，吧～～～！

他忽而聽得一種異樣的聲音，又不是爆竹。阿Q本來是愛看熱鬧，愛管閒事的，便在暗中直尋過去。似乎前面有些腳步聲；他正聽，猛然間一個人從對面逃來了。阿Q一看見，便趕緊翻身跟着逃。那人轉彎，阿Q也轉彎，既轉彎，那人站住了，阿Q也站住。他看後面並無什麼，看那人便是小D。

「什麼？」阿Q不平起來了。

「趙……趙家遭搶了！」小D氣喘吁吁的說。

阿Q的心怦怦的跳了。小D說了便走；阿Q却跳而又停的兩三回，但他究竟是做過「這路生意」的人，格外膽大，於是蹩出路角，仔細的聽，似乎有些嚷嚷，又仔細的看，似乎許多白盔白甲的人，絡繹的將箱子擡出了，器具擡出了，秀才娘子的寧式牀也擡出了，但是不分明，他還想上前，兩隻腳却沒有動。

這一夜沒有月，未莊在黑暗裏很寂靜，寂靜到像羲皇時候一般太平。阿Q站着看到自己發煩，也似乎還是先前一樣，在那里來來往往的搬，箱子擡出了，器具擡出了，秀才娘子的寧式牀也擡出了，……擡得他自己有些不信他的眼睛了。但他決計不再上前，却回到自己的祠裏去了。

士穀祠裏更漆黑；他關好大門，摸進自己的屋子裏。他躺了好一會，這纔定了神，而且發出關於自己的思想來：白盔白甲的人明明到了，並不來打招呼，搬了許多好東西，又沒有自己的份，——這全是假洋鬼子可惡，不准我造反，否則，這次何至於沒有我的份呢？阿Q越想越氣，終於禁不住滿心痛恨起來，毒毒的點一點頭：「不准我造反，只准你造反？媽媽的假洋鬼子，——好，你造反！造反是殺頭的罪名呵，我總要告一狀，看你抓進縣裏去殺頭，——滿門抄斬，——嚓！嚓！」

第九章　大團圓

趙家遭搶之後，未莊人大抵很快意而且恐慌，阿Q也很快意而且恐慌。但四天之後，阿Q在半夜裏忽被抓進縣城裏去了。那時恰是暗夜，一隊兵，一隊團丁，一隊警察，五個偵探，悄悄地到了未莊，乘昏暗圍住士穀祠，正對門架好機關槍；然而阿Q不衝出。許多時沒有動靜，把總焦急起來了，懸了二十千的賞，纔有兩個團丁冒了險，踰垣進去，裏應外合，一擁而入，將阿Q抓出來；直待擒出祠外面的機關槍左近，他纔有些清醒了。

到進城，已經是正午，阿Q見自己被攙進一所破衙門，轉了五六個彎，便推在一間小屋裏。他剛剛一蹌踉，那用整株的木料做成的柵欄門便跟着他的腳跟闔上了，其餘的三面都是牆壁，仔細看時，屋角上還有兩個人。

阿Q雖然有些忐忑卻並不很苦悶因爲他那土穀祠裏的臥室，也並沒有比這間屋子更高明。那兩個也彷彿是鄉下人，漸漸和他兜搭起來了，一個說是舉人老爺要追他祖父欠下來的陳租，一個不知道爲了什麼事。他們問阿Q，阿Q爽利的答道：「因爲我想造反。」

他下半天便又被抓出柵欄門去了，到得大堂，上面坐着一個滿頭剃得精光的老頭子。阿Q疑心他是和尚，但看見下面站着一排兵，兩旁又站着十幾個長衫人物，也有滿頭剃得精光像這老頭子的，也有將一尺來長的頭髮披在背後像那假洋鬼子的，都是一臉橫肉，怒目而視的看他，他便知道這人一定有些來歷，膝關節立刻自然而然的寬鬆，便跪了下去了。

「站着說！不要跪！」長衫人物都吆喝說。

阿Q雖然似乎懂得，但總覺得站不住，身不由己的蹲了下去，而且終於趁勢改爲跪下了。

「奴隸性！……」長衫人物又鄙夷似的說，但也沒有叫他起來。

「你從實招來罷，免得喫苦。我早都知道了。招了可以放你。」那光頭的老頭子看定了阿Q的臉，沈靜的淸楚的說。

「招罷！」長衫人物也大聲說。

「我本來要……來投……」阿Q胡裏胡塗的想了一通，這纔斷斷續續的說。

「那麼，爲什麼不來的呢？」老頭子和氣的問。

「假洋鬼子不准我！」

「胡說！此刻說也遲了，現在你的同黨在那里？」

「什麼？……」

「那一晚打刼趙家的一夥人。」

「他們沒有來叫我，他們自己搬走了。」阿Q提起來便憤憤。

「走到那裏去了呢？說出來便放你了。」老頭子更和氣了。

「我不知道，……他們沒有來叫我……」

然而老頭子使了一個眼色，阿Q便又被抓進柵欄門裏了。他第二次抓出柵欄門，是第二天的上午。

大堂的情形都照舊。上面仍然坐着光頭的老頭子，阿Q也仍然下了跪。

老頭子和氣的問道：「你還有什麼話說麼？」

阿Q一想，沒有話，便回答說：「沒有。」

於是一個長衫人物拿了一張紙，并一支筆送到阿Q的面前，要將筆塞在他手裏。阿Q這時很喫驚，幾乎「魂飛魄散」了：因為他的手和筆相關，這回是初次。他正不知怎麼拿；那人却又指着一處地方教他畫花押。

「我……我……不認得字。」阿Q一把抓住了筆，惶恐而且慚愧的說。

「那麼，便宜你，畫一個圓圈！」

阿Q要畫圓圈了，那手捏着筆却只是抖。於是那人替他將紙鋪在地上，阿Q伏下去，使盡了平生的力畫圓圈。他生怕被人笑話，立志要畫得圓，但這可惡的筆不但很沉重，並且不聽話，剛剛一抖一抖的幾乎要合縫，却又向外一聳，畫成瓜子模樣了。

阿Q正羞愧自己畫得不圓，那人却不計較，早已掣了紙筆去，許多人又將他第二次抓進柵欄門。

他第二次進了柵欄，倒也並不十分懊惱。他以為人生天地之間，大約本來有時要抓進抓出，有時要在紙上畫圓圈的，惟有圈而不圓，却是他「行狀」上的一個污點。但不多時也就釋然了，他想：孫子纔畫得很圓的圓圈呢。於是他睡着了。

然而這一夜，舉人老爺反而不能睡，他和把總嘔了氣了。舉人老爺主張第一要追贓，把總主張第一要示眾。把總近來很不將舉人老爺放在眼睛裏了，拍案打凳的說道，「懲一儆百！你看，我做革命黨還不上二十天，搶案就是十幾件，全不破案，我的面子在那里？破了案，你又來迂。不成！這是我管的！」舉人老爺窘急了，然而還堅持，說是倘若不追贓，他便立刻辭了幫辦民政的職務。而把總却道，「請便罷！」於是舉人老爺在這一夜竟沒有睡，但幸而第二天倒也沒有辭。

阿Q第三次抓出柵欄門的時候，便是舉人老爺睡不着的那一夜的明天的上午了。他到了大堂，上面坐着還照例的光頭老頭子；阿Q也照例的下了跪。

老頭子很和氣的問道：「你還有什麼話麼？」

阿Q一想，沒有話，便回答說：「沒有。」

許多長衫和短衫人物，忽然給他穿上一件洋布的白背心，上面有些黑字。阿Q很氣苦；因為這很像是帶孝，而帶孝是晦氣的。然而同時他的兩手反縛了，同時又被一直抓出衙門外去了。

阿Q被擡上了一輛沒有篷的車，幾個短衣人物也和他同坐在一處。這車立刻走動了，前面是一班背着洋炮的兵們和團丁，兩旁是許多張着嘴的看客，後面怎麼，阿Q沒有見。但他突然覺到了；這豈不是去殺頭麼？他一急，兩眼發黑，耳朵裏嗡的一聲，似乎發昏了。然而他又沒有全發昏，有時雖然着急，有如却也泰然；他意思之間，似乎覺得人生天地間，大約本來有時也未免要殺頭的。

他還認得路，於是有些詫異了：怎麼不向着法場走呢？他不知道這是在遊街，在示衆。但即使知道也一樣，他不過以為人生天地間，大約本來有時也未免要遊街要示衆罷了。

他省悟了這是繞到法場去的路，這一定是「嚓」的去殺頭。他惘惘的向左右看，全跟着螞蟻似的人，而在無意中卻在路旁的人叢中發見了一個吳媽。很久違，伊原來在城裏做工了。阿Q忽然很羞愧自己沒志氣；竟沒有唱幾句戲。他的思想彷彿旋風似的在腦裏一迴旋：小孤孀上墳欠堂皇，龍虎鬭裏的「悔不該……」也太乏味，還是「手執鋼鞭將你打」罷。他同時將手一揚，纔記得這兩手原來都綑着，於是「手執鋼鞭」也不唱了。

「過了二十年又是一個……」阿Q在百忙中，「無師自通」的說出半句從來不說的話。

「好！」從人叢裏，便發出豺狼的嗥叫一般的聲音來。

車子不住的前行，阿Q在喝采聲中，輪轉眼睛去看吳媽，似乎伊一向並沒有見他，卻只是出神的看着兵們背上的洋砲。

阿Q於是再看那些喝采的人們。

這剎那中，他的思想又彷彿旋風似的在腦海裏一迴旋了。四年之前，他曾在山腳下遇見一隻餓狼，永是不近不遠的跟定他，要喫他的肉。他那時嚇得幾乎要死，幸而手裏有一柄斫柴刀，纔得仗這壯了膽，支持到未莊；可是永遠記得那狼眼睛，又凶又怯，閃閃的像兩顆鬼火，似乎遠遠的來穿透了他的皮肉。而這回他又看見從來沒有見過的更可怕的眼睛了。又鈍又鋒利，不但已經咀嚼了他的話，並且還要咀嚼他皮肉以外的東西，永是不遠不近的跟他走。

這些眼睛們似乎連成一氣，已經在那里咬他的靈魂。

「救命，……」

然而阿Q沒有說。他早就兩眼發黑，耳朵裏嗡的一聲，覺得全身彷彿微塵似的迸散了。

至於當的時影響，最大的倒反在舉人老爺，因爲終是沒有追贓他全家都號咷了；其次是趙府，非特秀才因爲上城去報官，被不好的革命黨剪了辮子，而且又破費了二十千的賞錢，所以全家也號咷了。從這一天以來，他們更漸漸的都發生了遺老的氣概。

至於輿論，在未莊是無異議，自然都說阿Q壞，被鎗斃便是他的壞的證據；不壞又何至於被鎗斃呢？而城裏的輿論却不佳，他們多半不滿足，以爲鎗斃並無殺頭這般好看；而且那是怎麼的一個可笑的死因呵，游了那麼久的街，竟沒有唱一句戲：他們白跟一趟了。

一九二一年十二月。

示衆

首善之區的西城的一條馬路上，這時候什麼擾攘也沒有。火燄燄的太陽雖然還未直照，但路上的沙土彷彿已是閃爍地生光；酷熱滿和在空氣裏面，到處發揮着盛夏的威力。許多狗都拖出舌頭來，連樹上的烏老鴉也張着嘴喘氣，——但是，自然也有例外的。遠處隱隱有兩個銅盞相擊的聲音，使人憶起酸梅湯，依稀感到涼意，可是那懶懶的單調的金屬音的間作，却使那寂靜更其深遠了。

只有脚步聲，車夫默默的前奔，似乎想趕緊逃出頭上的烈日。

「熱的包子咧！剛出屜的……。」

十一二歲的胖孩子，細着眼睛，歪了嘴在路旁的店門前叫喊。聲音已經嘶嗄了，還帶些睡意，如給夏天的長日催眠。他旁邊的破舊桌子上，就有二三十個饅頭包子，毫無熱氣，冷冷地坐着。

「荷呵！饅頭包子咧，熱的……。」

像用力擲在牆上而反撥過來的皮球一般，他忽然飛在馬路的那邊了。在電桿旁，和他對面，正向着馬路，其時也站定了兩個人：一個穿淡黃制服的掛刀的面黃肌瘦的巡警，手裏牽着繩頭，繩的那頭就拴在別一個穿藍布大衫上罩白背心的男人的左臂膊上。這男人戴一頂新草帽，帽簷四面下垂，遮住了眼睛的一帶但胖孩子身體矮，仰起臉來看時，却正撞見這人的眼睛了。那眼睛也似乎正在看他的腦殼。他連忙順下眼去看白背心，只見背心上一行一行地寫着些大大小小的什麼字。

剎時間，也就圍滿了大半圈的看客。待到增加了禿頭的老頭子之後，空缺已經不多，而立刻又被一個赤膊的紅鼻子胖大漢補滿了。這胖子過於橫闊，佔了兩人的地位，所以續到的便只能屈在第二層，從前面的兩個頸子之間伸進腦袋去。

禿頭站在白背心的略略正對面，彎了腰，去研究背心上的文字，終於讀起來——

「嗡，都，哼，八，而，……」

胖孩子却看見那白背心正研究着這發亮的禿頭，他也便跟着去研究，就只見滿頭光油油的，耳朵左邊還有一片灰白色的頭髮，此外也不見得有怎樣新奇。但是後面的一個抱着孩子的老媽子却想乘機擠進來了；禿頭怕失了位置，連忙站直，文字雖然還未讀完，然而無可奈何，只得另看白背心的臉：草帽簷下半個鼻子，一張嘴，尖下巴。

又像用了力擲在牆上而反撥過來的皮球一般，一個小學生飛奔上來，一手按住了自己頭上的雪白的小布帽，向人叢中直鑽進去。但見他鑽到第三——也許是第四——層，竟遇見一件不可動搖的偉大的東西了，擡頭看時，藍褲腰上面有一座赤條條的很闊的背脊，背脊上還有汗正在流下來。他知道無可措手只得順着褲腰右行，幸而在盡頭發見了一條空處，透着光明他剛剛低頭要鑽的時候，只聽得一聲「什麼，」那褲腰以下的屁股向右一歪，空處立刻閉塞，光明也同時不見了。

但不多久，小學生却從巡警的刀旁邊鑽出來了。他詫異地四顧外面圍着一圈人，上首是穿白背心的，那對面是一個赤膊的胖小孩，胖小孩後面是一個赤膊的紅鼻子胖大漢。他這時隱約悟出先前的偉大的障礙物的本體了，便驚奇而且佩服似的只望着紅鼻子。胖小孩子是注視着小學生的臉的，於是也不禁依了他的眼光，回轉頭去了，在那里是一個很胖的奶子，奶頭四近有幾枝很長的毫毛。

「他，犯了什麼事啦？……」

大家都愕然看時，是一個工人似的粗人，正在低聲下氣地請教那禿頭老頭子。

禿頭不作聲，單是睜起了眼睛看定他。他被看得順下眼光去，過一會再看時，禿頭還是睜起了眼睛看定他，而且別的人也似乎都睜了眼睛看定他。他於是彷彿自己就犯了罪似的局促起來，終至於慢慢退後，溜出去了。一個挾洋傘的長子就來補了缺！禿頭也旋轉臉去再看白背心。

長子彎了腰，要從垂下的草帽簷下去賞識白背心的臉，但不知道爲什麼忽又站住了。於是他背後的人們又須竭力伸長了頸子；有一個瘦子竟至於連嘴都張得很大，像一條死鱸魚。

巡警，突然間，將脚一提，大家又愕然，趕緊都看他的脚；然而他又放穩了，於是又看白背心。長子忽又彎了腰還要從垂下的草帽簷下去窺測。但即刻也就立直，擎起一隻手來拚命搔頭皮。

禿頭不高興了，因爲他先覺得背後有些不太平，接着耳朵邊就有唧咕唧咕的聲響。他雙眉一鎖，回頭看時，緊挨他右邊，有一隻黑手拿着半個大饅頭正在塞進一個貓臉的人的嘴裏去。他也就不說什麼，自去看白背心的新草帽了。

忽然，就有暴雷似的一擊，連橫闊的胖大漢也不免向前一蹌踉。同時，從他肩膊上伸出一隻胖得不相上下的臂膊來，展開五指，拍的一聲正打在胖孩子的臉頰上。

「好快活！你媽的……」同時，胖大漢後面就於一個彌勒佛似的更圓的胖臉這麼說。

胖孩子也蹌踉了四五步，但是沒有倒，一手按着臉頰，旋轉身，就想從胖大漢的腿旁的空隙間鑽出去。胖大漢趕忙站穩，並且將屁股一歪，塞住了空隙，恨恨地問道——

「什麼？」

孩子就像小鼠子落在捕機裏似的，倉皇了一會，忽然向小學生那一面奔去，推開他，衝出去了。小學生也返身跟出去了。

「嚇，這孩子。……」總有五六個人都這樣說

待到重歸平靜，胖大漢再看白背心的臉的時候，却見白背心正在仰面看他的胸脯；他慌忙低頭

也看自己的胸脯時，只有兩乳之間的窪下的坑裏有一片汗，他於是用手掌拂去了這些汗。

然而形勢似乎總不甚太平了。抱着小孩的老媽子因爲在騷擾時四顧，沒有留意，頭上梳着的喜鵲尾巴似的「蘇州俏」便碰了站在旁邊的車夫的鼻梁。車夫一推，却正推在孩子上，孩子就扭轉身來，向着圈外嚷着要回去了。老媽子先也略略一蹌踉，但便即站定，旋轉孩子來使他正對白背心，一手指點着，說道——

「阿，阿，看呀！多麼好看哪！……」

空隙間忽而探進一個戴草帽的學生模樣的頭來，將一粒瓜子之類似的東西放在嘴裏，下顎向下一磕，咬開，退出去了。這地方就補上了一個滿頭油汗而粘着灰土的橢圓臉。

挾洋傘的長子也已經生氣，斜下了一邊的肩膊，皺眉疾視着肩後的死鱸魚。大約從這麼大的大嘴裏呼出來的熱氣，原也不易招架的，而況又在盛夏。秃頭正仰視那電桿上釘着的紅牌上的四個白字，彷彿很覺得有趣。胖大漢和巡警都斜了眼研究着老媽子的鈎刀般的鞋尖。

「好」

什麼地方忽有幾個人同聲喝彩。都知道該有什麼事情起來了，一切頭便全數回轉去。連巡警和他牽着的犯人也都有些搖動了。

「剛出屜包子咧！荷阿，熱的……。」

路對面是胖孩子歪着頭，磕睡似的長呼！路上是車夫們默默地前奔，似乎想趕逃出頭上的烈日。大家都幾乎失望了，幸而放出眼光去四處搜索，終於在相距十多家的路上，發見了一輛洋車停放着，一個車夫正在爬起來。

圓陣立刻散開，都錯錯落落地走過去。胖大漢走不到一欿，就欿在路旁的槐樹下；長子比禿頭和橢圓臉走得快，接近了。車上的坐客依然坐着，車夫已經完全爬起，但還在摩自己的膝髁。周圍有五六個人笑嘻嘻地看他們。

「成麼？」車夫要來拉車時，坐客便問。

他只點點頭，拉了車就走；大家就惘惘然目送他。起先還知道那一輛是曾經跌倒的車，後來被別的車一混，知不清了。

馬路上就很清閒，有幾隻狗伸出舌頭喘氣；胖大漢就在槐陰下看那很快地一起一落的狗肚皮。

老媽子抱了孩子從屋陰簷下蹩過去了。胖孩子歪着頭，擠細了眼睛，拖長聲音，磕睡的叫喊——

「熱的包子咧！荷阿……剛出屜的……。」

一九二五年三月一八日。

藥

一

秋天的後半夜，月亮下去了，太陽還沒有出，只剩下一片烏藍的天；除了夜遊的東西，什麼都睡着。華老栓忽然坐起身，擦着火柴，點上遍身油膩的燈盞，茶館的兩間屋子裏，便瀰滿了青白的光。

「小栓的爹，你就去麼？」是一個老女人的聲音。裏邊的小屋子裏，也發出一陣咳嗽。

「唔。」老栓一面聽，一面應，一面扣上衣服；伸手過去說：「你給我罷。」

華大媽在枕頭底下掏了半天，掏出一包洋錢，交給老栓，老栓接了，抖抖的裝入衣袋，又在外面按了兩下；便點上燈籠，吹熄燈盞，走向裏屋子去了。那屋子裏面，正在窸窸窣窣的響，接着便是一通咳嗽。老栓候他平靜下去，纔低低的叫道：『小栓……你不要起來。……店麼？你娘會安排的。』

老栓聽得兒子不再說話，料他安心睡了；便出了門，走到街上。街上黑沈沈的一無所有，只有一條灰白的路，看得分明。燈光照着他的兩脚，一前一後的走。有時也遇到幾隻狗，可是一隻也沒有叫。天氣比屋子裏冷得多了；老栓倒覺爽快，彷彿一旦變了少年，得了神通，有給人生命的本領似的，跨步格外高遠。而且路也愈走愈分明，天也愈走愈亮了。

老栓正在專心走路忽然喫了一驚，遠遠裏看見一條丁字街，明明白白橫着。他便退了幾步，尋到一家關着門的鋪子，蹩進簷下，靠門立住了。好一會，身上覺得有些發冷。

『哼，老頭子。』

『倒高興……。』

老栓又喫一驚，睜眼看時，幾個人從他面前過去了。一個還回頭看他，樣子不甚分明，但很像久餓的人見了食物一般，眼裏閃出一種攫取的光。老栓看看燈籠，已經熄了。按一按衣袋，硬硬的還在。仰起頭兩面一望，只見許多古怪的人，三三兩兩，鬼似的在那裏徘徊；定睛再看，却也看不出什麼別的奇怪。沒有多久，又見幾個兵，在那邊走動；衣服前後的一個大白圓圈，遠地裏也看得清楚，走過面前的，並且看出號衣上暗紅字的鑲邊。——一陣脚步聲響，一眨眼，已經擁過了一大簇人。那三三兩兩的人，也忽然合作一堆，潮一般向前趕；將到丁字街口，便突然立住，簇成一個半圓。

老栓也向那邊看，却只見一堆人的後背；頸項都伸得很長，彷彿許多鴨，被無形的手捏住了的，向上提着。靜了一會，似乎有點聲音，便又動搖起來，轟的一聲，都向後退；一直散到老栓立着的地方，幾乎將他擠倒了。

『喂一手交錢，一手交貨』一個渾身黑色的人，站着老栓面前，眼光正像兩把刀，刺得老栓縮小了一半。那人一隻大手，向他攤着一隻手却撮着一個鮮紅的饅頭，那紅的還是一點一點的往下滴。

老栓慌忙摸出洋錢，抖抖的想交給他，却又不敢去接他的東西。那人便焦急起來，嚷道，『怕什麼？怎的不拿！』老栓還躊躇着；黑的人便搶過燈籠，一把扯下紙罩，裹了饅頭，塞與老栓；一手抓過洋錢，捏一捏，轉身去了。嘴裏哼着說，『這老東西……。』

『這給誰治病的呀？』老栓也似乎聽得有人問他，但他並不答應；他的精神，現在只在一個包上，彷彿抱着一個十世單傳的嬰兒，別的事情，都已置之度外了。他現在要將這包裏的新的生命，移植到他家裏，收穫許多幸福。太陽也出來了；在他面前，顯出一條大道，直到他家中，後面也照見丁字街頭破匾上『古口亭口』這四個黯淡的金字。

二

老栓走到家，店面早經收拾乾淨，一排一排的茶桌，滑溜溜的發光。但是沒有客人；只有小栓坐在裏排的桌前喫飯，大粒的汗，從額上滾下，夾襖也帖住了脊心，兩塊肩胛骨高高凸出，印成一個陽文的『八』字。老栓見這樣子，不免皺一皺展開的眉心。他的女人，從竈下急急走出，睜着眼睛，嘴唇有些發抖。

『得了麼？』

「得了。」

兩個人一齊走進竈下，商量了一會；華大媽便出去了，不多時，拏着一片老荷葉回來，攤在桌上。老栓也打開燈籠罩，用荷葉重新包了那紅的饅頭。小栓也喫完飯，他的母親慌忙說：——

「小栓——你坐着，不要到這裏來。」

一面整頓了竈火，老栓便把一個碧綠的包，一個紅紅白白的破燈籠，一同塞在竈裏；一陣紅黑的火燄過去時，店屋裏散滿了一種奇怪的香味。

「好香！你們喫什麼點心呀？」這是駝背五少爺到了。這人每天總在茶館裏過日，來得最早，去得最遲，此時恰恰蹩到臨街的壁角的桌邊，便坐下問話，然而沒有人答應他。「炒米粥嗎？」仍然沒有人應。老栓匆匆走出，給他泡上茶。

「小栓進來罷！」華大媽叫小栓進了裏面的屋子，中間放好一條凳，小栓坐了。他的母親端過一碟烏黑的圓東西，輕輕說：——

「喫下去罷，——病便好了。」

小栓撮起這黑東西，看了一會，似乎拏着自己的性命一般，心裏說不出的奇怪。十分小心的拗開了，焦皮裏面竄出一道白氣，白氣散了，是兩半個白麵的饅頭。——不多工夫，已然全在肚裏了，却全忘了什麼；味面前只剩下一張空盤。他的旁邊，一面立着他的父親，一面立着他的母親，兩人的眼光，都彷彿要在他身裏注進什麼又要取出什麼似的；便禁不住心跳起來，按着胸膛，又是一陣咳嗽。

「睡一會罷，——便好了。」

小栓依他母親的話，咳着睡了。華大媽候他喘氣平靜，纔輕輕的給他蓋上了滿幅補釘的夾被。

三

店裏坐着許多人，老栓也忙了，提着大銅壺，一趟一趟的給客人沖茶；兩個眼眶，都圍着一圈黑線。

「老栓，你有些不舒服麼？——你生病麼？」一個花白鬍子的人說。

「沒有。」

「沒有？——我想笑嘻嘻的，原也不像……」花白鬍子便取消了自己的話。

「老栓只是忙。要是他的兒子……」駝背五少爺話還未完，突然闖進了一個滿臉橫肉的人，披一件玄色布衫，散着鈕釦，用很寬的玄色腰帶，胡亂綑在腰間。剛進門，便對老栓嚷道：——

「喫了麼？好了麼？老栓，就是運氣了你！你運氣，要不是我信息靈……。」

老栓一手提了茶壺，一手恭恭敬敬的垂着；笑嘻嘻的聽。滿座的人，也都恭恭敬敬的聽。華大媽也着眼眶，笑嘻嘻的送出茶碗茶葉來，加上一個橄欖，老栓便去沖了水。

『這是包好！這是與衆不同的。你想，趁熱的拏來，趁熱喫下。』橫肉的人只是嚷。

『眞的呢，要沒有康大叔照顧，怎麼會這樣……』華大媽也很感激的謝他。

『包好，包好！這樣的趁熱喫下。這樣的人血饅頭，什麼癆病都包好！』

華大媽聽到『癆病』這兩個字，變了一點臉色，似乎有些不高興；但又立刻堆上笑，搭赸着走開了。這康大叔却沒有覺察，仍然提高了喉嚨只是嚷，嚷得裏面睡着的小栓也合夥咳嗽起來。

『原來你家小栓碰到了這樣的好運氣了。這病自然一天全好；怪不得老栓整天的笑着呢。』花白鬍子一面說，一面走到康大叔面前，低聲下氣的問道：『康大叔——聽說今天結果的一個犯人，便是夏家的孩子，那是誰的孩子？究竟是什麼事？』

『誰的？不就是夏四奶奶的兒子麼？那個小傢伙！』康大叔見衆人都聳起耳朶聽他，便格外高興，橫肉塊塊飽綻，越發大聲說：『這小東西不要命，不要就是了。我可是這一回一點沒有得到好處；連剝下來的衣服，都給管牢的紅眼睛阿義拏去了。——第一要算我們栓叔運氣；第二是夏三爺賞了二十五兩雪白的銀子，獨自落腰包，一文不化。』

小栓慢慢的從小屋子走出，兩手按了胸口，不住的咳嗽；走到竈下，盛出一碗冷飯，泡上熱水，坐下便喫。華大媽跟着他走，輕輕的問道：『小栓你好些麼？——你仍舊只是肚餓？……』

『包好包好！』康大叔瞥了小栓一眼，仍然回過臉，對衆人說：『夏三爺眞是乖角兒，要是他不先告官，連他滿門抄斬。現在怎樣，銀子！——這小東西也眞不成東西！關在牢裏，還要勸牢頭造反。』

『啊呀，那還了得。』坐在後排的一個二十多歲的人，很現出氣憤的模樣。

『你要曉得紅眼睛阿義是去盤盤底細的，他卻和他攀談了。他說：這大清的天下是我們大家的。你想：這是人話麼？紅眼睛原知道他家裏只有一個老娘，可是沒有料到他竟會那麼窮，榨不出一點油水，已經氣破肚皮了。他還要老虎頭上搔癢，便給他兩個嘴巴！』

『義哥是一手好拳棒，這兩下，一定夠他受用了。』壁角的駝背忽然高興起來。

『他這賤骨頭打不怕，還要說可憐可憐哩。』

花白鬍子的人說：『打了這種東西，有什麼可憐呢？』

康大叔顯出看他不上的樣子，冷笑着說：『你沒有聽清我的話；看他神氣，是說阿義可憐哩！』

聽着的人的眼光，忽然有些板滯；話也停頓了。小栓已經喫完飯，喫得滿身流汗，頭上都冒出蒸氣來。

『阿義可憐——瘋話，簡直是發了瘋了。』花白鬍子恍然大悟似的說。

『發了瘋了。』二十多歲的人也恍然大悟的說。

店裏的坐客，便又現出活氣，談笑起來。小栓也趁着熱鬧，拚命咳嗽；康大叔走上前，拍他肩膀說：

「包好！小栓——你不要這麽咳。包好！」

「瘋了。」駝背五少爺點着頭說。

四

西關外靠着城根的地面，本是一塊官地；中間歪歪斜斜一條細路，是貪走便道的人，用鞋底造成的，但却成了自然的界限。路的左邊，都埋着死刑和瘐斃的人，右邊是窮人的叢塚。兩面都已埋到層層疊疊，宛然闊人家裏祝壽的饅頭。

這一年的清明，分外寒冷；楊柳纔吐出半粒米大的新芽。天明未久，華大媽已在右邊的一坐新墳前面，排出四碟菜，一碗飯，哭了一場。化過紙，呆呆的坐在地上；彷彿等候什麽似的，但自己也說不出等候什麽。微風起來，吹動她短髮，確乎比去年白得多了。

小路上又來了一個女人，也是半白頭髮，襤褸的衣裙；提一個破舊的朱漆圓籃，外挂一串紙錠，三步一歇的走。忽然見華大媽坐在地上看她，便有些躊躇，慘白的臉上，現出些羞愧的顏色；但終於硬着頭皮，走到左邊的一座墳前，放下了籃子。

那墳與小栓的墳，一字兒排着，中間只隔一條小路。華大媽看她排好四碟菜，一碗飯，立着哭了一通，化過紙錠；心裏暗暗地想，『這墳裏的也是兒子了。』那老女人徘徊觀望了一回，忽然手脚有些發抖，蹌蹌踉踉退了幾步，瞪着眼只是發怔。

華大媽見這樣子，生怕她傷心到快要發狂了；便忍不住立起身，跨過小路，低聲對她說：『你這位老奶奶不要傷心了，——我們還是回去罷。』

那人點一點頭，眼睛仍然向上瞪着；也低聲吃吃的說道：『你看，——看這是什麼呢？』

華大媽跟了她指頭看去，眼光便到了前面的墳，這墳上草根還沒有全合，露出一塊一塊的黃土，煞是難看。再往上仔細看時，卻不覺也喫一驚；——分明有一圈紅白的花，圍着那尖圓的墳頂。

她們的眼睛都已老花多年了，但望這紅白的花，卻還能明白看見。花也不很多，圓圓的排成一個圈，不很精神，倒也整齊。華大媽忙看她兒子和別人的墳，卻只有不怕冷的幾點青白小花，零星開着；便覺得心裏忽然感到一種不足和空虛，不願意根究。那老女人又走近幾步，細看了一遍，自言自語的說：『這沒有根，不像自己開的。——這地方有誰來呢？孩子不會來玩；——親戚本家早不來了。——這是怎麼一回事呢？』她想了又想，忽又流下淚來，大聲說道：——

『瑜兒，他們都冤枉了你，你還是忘不了，傷心不過，今天特意顯點靈，要我知道麼？』她四面一看，只見一只烏鴉，站在一株沒有葉的樹上，便接着說：『我知道了。——瑜兒，可憐他們坑了你，他們將來總有報應，天都知道；你閉了眼睛就是了。——你如果眞在這里聽到我的話，——便教這烏鴉飛上你的墳頂，給我看能。』

微風早經停息了；枯草支支直立，有如銅絲。一絲發抖的聲音，在空氣中愈顫愈細，細到沒有，周圍便都是死一般靜。兩人站在枯草叢裏，仰面看那烏鴉；那烏鴉也在筆直的樹枝間，縮着頭，鐵鑄一般站着。

許多的工夫過去了；上墳的人漸漸增多，幾個老的小的，在土墳間出沒。

華大媽不知怎的，似乎卸下了一挑重擔，便想到要走；一面勸着說：『我們還是回去罷。』

那老女人歎一口氣，無精打采的收起飯菜；又遲疑了一刻，終於慢慢地走了。嘴裏自言自語的說：『這是怎麼一回事呢？……』

她們走不上二三十步遠，忽聽得背後『啞——』的一聲大叫；兩個人都竦然的回過頭，只見那烏鴉張開兩翅，一挫身，直向着遠處的天空，箭也似的飛去了。

孔乙己

魯鎭的酒店的格局，是和別處不同的，都是當街一個曲尺形的大櫃臺，櫃裏面預備着熱水，可以隨時溫酒。做工的人，傍午傍晚散了工，每每花四文銅錢，買一碗酒，——這是二十多年前的事，現在每碗要漲到十文，——靠櫃外站着，熱熱的喝了休息。倘肯多花一文，便可以買一碟鹽煮筍，或茴香豆，做下酒物了。如果出到十幾文，那就能買一樣葷菜。但這些顧客，多是短衣幫，大抵沒有這樣闊綽。只有穿長衫的，纔踱進店面隔壁的房子裏，要酒要菜，慢慢地坐喝。

我從十二歲起，便在鎭口的咸亨酒店裏當夥計。掌櫃說，樣子太傻，怕侍候不了長衫主顧，就在外面做點事能。外面的短衣主顧，雖然容易說話但嘮嘮叨叨纏夾不清的也很不少，他們往往要親眼看着黃酒從罈子裏舀出，看過壺子底裏有水沒有，又親看將壺子放在熱水裏，然後放心：在這嚴重監督之下，羼水也很爲難。所以過了幾天，掌櫃又說我幹不了這事。幸虧薦頭的情面大，辭退不得，便改爲專管溫酒的一種無聊職務了。

我從此便整天的站在櫃臺裏，專管我的職務。雖然沒有什麼失職，但總覺有些單調，有些無聊。掌櫃是一副凶臉孔，主顧也沒有好聲氣，教人活潑不得，只有孔乙己到店，纔可以笑幾聲，所以至今還記得。

孔乙己是站着喝酒而穿長衫的唯一的人。他身材很高大；青白臉色，皺紋間時常夾些傷痕；一部亂蓬蓬的花白鬍子。穿的雖然是長衫，可是又髒又破，似乎十多年沒有補，也沒有洗。他對人說話，總是滿口之乎者也，教人半懂不懂的。因爲他姓孔，別人便從描紅紙上的『上大人孔乙己』這半懂不懂的話裏，替他取下一個綽號，叫作孔乙己。孔乙己一到店，所有喝酒的人便都看着他笑，有的叫道，『孔乙己，你臉上又添上新傷疤了！』他不回答，對櫃裏說，『溫兩碗酒，要一碟茴香豆。』便排出九文大錢。他們又故意的高聲嚷道，『你一定又偷了人家的東西了！』孔乙己睜大眼睛說，『你怎麼這樣憑空汚人清白？……』『什麼清白？我前天親眼見你偷了何家的書，吊着打。』孔乙己便漲紅了臉，額上的青筋條條綻出，爭辯道，『竊書不能算偷。……竊書！……讀書人的事，能算偷麼？』接連便是難懂的話，什麼『君子固窮』，什麼『者乎』之類，引得衆人都哄笑起來；店內外充滿了快活的空氣。

聽人家背地裏談論，孔乙己原來也讀過書，但終於沒有進學，又不會營生；於是愈過愈窮，弄得將要討飯了。幸而寫得一筆好字，便替人家鈔鈔書，換一碗飯吃。可惜他又有一種壞脾氣，便是好喝懶做。坐不到幾天，便連人和書籍紙張筆硯，一齊失蹤。如是幾次，叫他鈔書的人也沒有了。孔乙己沒有法，便免不了偶然做些偷竊的事。但他在我們店裏，品行却比別人都好，就是從不拖欠；雖然間或沒有現錢，暫時記在粉板上，但不出一月，定然還清，從粉板上拭去了孔乙己的名字。

孔乙己喝過半碗酒，漲紅的臉色漸漸復了原，旁人便又問道，『孔乙己，你當真認識字麼？』孔乙己看着問他的人，顯出不屑置辯的神氣。他們便接着說道：『你怎的連半個秀才也撈不到呢？』孔乙己立刻顯出頹唐不安模樣，臉上籠上了一層灰色，嘴裏說些話；這回可是全是之乎者也之類，一些不懂了。在這時候，衆人也都哄笑起來，店內外充滿了快活的空氣。

在這些時候，我可以附和着笑，掌櫃是決不責備的。而且掌櫃見了孔乙己，也每每這樣問他，引人發笑。孔乙己自己知道不能和他們談天，便只好向孩子說話。有一回對我說道：『你讀過書麼，』我略略點一點頭。他說，『讀過書，……我便考你一考。茴香豆的茴字，怎樣寫的？』我想，討飯一樣的人，也配考我麼？便回過臉去，不再理會。孔乙己等了許久，很懇切的說道，『不能寫罷，……我教給你，說着！這些字應該記着。將來做掌櫃的時候，寫賬要用。』我暗想我和掌櫃的等級還很遠呢，而且我們掌櫃也從不將茴香豆上賬；又好笑，又不耐煩，懶懶的答他道，『誰要你教，不是草頭底下一個來回的回字麼？』孔乙己顯出極高興的樣子，將兩個指頭的長指甲敲着櫃臺，點頭說，『對呀！對呀！……回字有四樣寫法，你知道麼』我愈不耐煩了，努着嘴走遠。孔乙己剛用指甲蘸了酒，想在櫃上寫字，見我毫不熱心，便又歎一口氣，顯出極惋惜的樣子。

有幾回，鄰舍孩子聽得笑聲，也趕熱鬧，圍住了孔乙己。他便給他們茴香豆喫，一人一顆。孩子喫完豆，仍然不散，眼睛都望着碟子。孔乙己着了慌，伸出五指將碟子罩住，彎腰下去說道，『不多了，我已經不多了。』直起身又看一看豆，自己搖頭說，『不多不多！多乎哉？不多也。』於是這一羣孩子都在笑聲裏走散了。

孔乙己是這樣的使人快活，可是沒有他，別人也便這麼過。

有一天，大約是中秋前的兩三天，掌櫃正在慢慢的結賬，取下粉板，忽然說，『孔乙己長久沒有來了。還欠十九個錢呢！』我纔也覺得他的確長久沒有來了。一個喝酒的人說道，『他怎麼會來？……他打折了腿了。』掌櫃說：『哦！』『他總仍舊是偷。這一回，是自己發昏，竟偷到丁舉人家裏去了。他家的東西，偷得的麼？』『後來怎麼樣？』『怎麼樣？先寫服辯，後來是打，打了大半夜，再打折了腿。』『後來呢？』『後來打折了腿了。』『打折了怎樣呢？』『怎樣？……誰曉得？許是死了。』掌櫃也不再問，仍然慢慢的算他的賬。

中秋過去，秋風是一天涼比一天，看看將近初冬；我整天的靠着火，也須穿上棉襖了。一天的下半天，沒有一個顧客，我正合了眼坐着。忽然間聽得一個聲音，『溫一碗酒。』這聲音雖然極低，卻很耳熟。看時又全沒有人。站起來向外一望，那孔乙己便在櫃臺下對了門檻坐着。他臉上黑而且瘦，已經不成樣子，穿一件破夾襖，盤着兩腿，下面墊一個蒲包，用草繩在肩上掛住，見了我，又說道，『溫一碗酒！』掌櫃也伸出頭去，一面說，『孔乙己麼？你還欠十九個錢呢！』孔乙己很頹唐的仰面答道，『這……下回還清能。這一回是現錢，酒要好。』掌櫃仍然同平常一樣，笑着對他說，『孔乙己，你又偷了東西了。』但他這回却不十分分辯，單說了一句『不要取笑！』『取笑，取笑要是不偷，怎麼會打斷腿？』孔乙己低聲說道，『跌斷，跌，跌……』他的眼色很像懇求掌櫃，不要再提。此時已經聚集了幾個人，便和掌櫃都笑了。我溫了酒，端出去，放在門檻上。他從破衣袋裏摸出四文大錢，放在我手裏，見他滿手是泥，原來他便用這手走來的。不一會，他喝完酒，便又在旁人的說笑聲中，坐着用這手慢慢走去了。

自此以後，又長久沒有看見孔乙己。到了年關，掌櫃取下粉板說，『孔乙己還欠十九個錢呢！』到第二年的端午，又說『孔乙己還欠十九個錢呢！』到中秋可是沒有說，再到年關也沒有看見他。

我到現在終於沒有見——大約孔乙己的確死了。

一九一九年三月

民国首版学术经典丛书

留欧外史（第一辑上编）
清代学术概论
中国目录学史
理学纲要
中国殖民史
白话本国史（四册）
近代中国留学史
五十年来中国之文学、论文杂记
历史研究法与中国文字变迁考
苏曼殊年谱及其他
中国商业史
妙峰山
中国文字学史（上下）

民国首版文学经典丛书

新月诗选
火灾
我们的六月
红的天使
红雾
未完的忏悔录
生死场
云游、志摩的诗
徐志摩选集
休息、给予者
迷羊
第七连
弘一大师永怀录
石门集
飞絮
鲁迅杰作选
胡适留学日记（四册）